文春文庫

ラオスにいったい何があるというんですか？

紀行文集

村上春樹

目次

単行本　２０１５年11月　文藝春秋刊

本文写真　ボストン１　松村映三
アイスランド　村上陽子
熊本県　都築響一
そのほか全て　岡村啓嗣

ラオスにいったい何があるというんですか？

紀行文集

チャールズ河畔の小径

ボストン1

１９９３年から95年にかけて、ボストン近郊でおおよそ二年間生活したあとで（そのあとでもまた一年間そこで暮らすことになるのだが）、情景的に今でもいちばん深く印象に残っている場所といえば、なんといってもチャールズ河沿いの道路だ。僕は事情さえ許せば一年中毎日のように、ジョギング・シューズを履《は》いてこの道を走っていたからだ。たまにスピード練習のために、タフツ大学の４００メートル・トラックをぐるぐる走ることもあったけれど、基本的にはこの河に沿って続く長い道路が僕のターフ（ホームグラウンド）だった。

僕が住んでいたケンブリッジの家からこの河までは2キロ近くあり、走っておおよそ十分かかる。河べりに着くまでに、マサチューセッツ・アヴェニューというけっこう大きな通りを一つ越えなくてはならないが、それをのぞけばあとは、車の通行量もそれほどない閑静な住宅地の生活道路である。並木の茂ったなだらかな坂がいくつかあり、それを上がり下がりして、ハーヴァード大学の学生寮の、煉瓦造りの古い建物を通り過ぎると、チャールズ河が見えてくる。豊かな緑の中を美しく蛇行するその大きな河の両岸には、長い幅広のウォーキング・パスがえんえんと続いている。両岸の道をいくつかの橋が結んでいる。MIT（マサチューセッツ工科大学）のあたりまで河に沿って下っていくと、やがてこの河がボストンのダウンタウンとケンブリッジ市の自然の境界線を為すようになる。そこまで行けばもうそろそろ大西洋が見えてくるはずだ。

夏には並木がこの遊歩道の路面に、くっきりとした涼しい影を落とす。ボストンの夏は誰がなんと言おうとすばらしい季節だ。ハーヴァードやBU（ボストン大学）の学生たちが必死にレガッタの練習をしている。女の子たちは芝生の上にタオルを敷いて、iPodを聴きながら、すごく気前のいいビキニ姿で日光浴をしている。アイスクリーム売りがヴァンの屋台を出している。誰かがギターを弾いて歌を歌っている。犬がフリスビーを追いかけている。でもやがてニューイングランド独特の、短く美しい秋がそれにとってかわる。僕らを取り囲んでいた深い圧倒的な緑が、少しずつほのかな黄金色に場所を譲っていく。そしてランニング用のショートパンツの上にスウェットパンツを重ね着するころになると、枯れ葉が吹きゆく風に舞い、どんぐりがアスファルトを打つ「コーン、コーン」という堅く乾いた音があたりに響きわたる。そのころにはもう、リスたちが冬ごもりのための食料集めに目の色を変えて走り回っている。

ハロウィーンが終わると、このあたりの冬は有能な収税吏のように無口に、そして確実にやってくる。川面を吹き抜ける風は研《と》ぎあげたばかりの鉈《なた》のように冷たく、鋭くなってくる。僕らは手袋をはめ、毛糸の帽子を耳まで引っ張り下ろし、ときにはフェイスマスクまでつけて走る。でも冷たい風だけならまだいい。我慢しようと思えば、なんとか我慢できる。致命的なのは大雪だ。つもった雪はやがて巨大なつるつるの氷の塊となり、道路を塞《ふさ》いでしまう。そして僕らは走ることをあきらめ、屋内プールで泳いだり、あのろくでもないサイクリング・マシーンにまたがったりして体力を整えながら、新しい春がやってきて氷が溶け、また川縁を走れるようになるのをじっと待つことになる。

それがチャールズ河だ。人々はそこにやってきて、それぞれの流儀で、河をめぐる自分たちの生活を送る。ただのんびり散策したり、犬を散歩させたり、サイクリングしたり、ジョギングしたり、あるいはローラーブレードを楽しんだり（どうしてあんなおっかないものが「楽しめる」のか、正直なところ僕には見当もつかないのだけれど）している。人々はまるで何かに引きつけられるように、このゆったりと流れる河のほとりに集まってくる。

僕は思うのだけれど、たくさんの水を日常的に目にするというのは、人間にとってあるいは大事な意味を持つ行為なのではないだろうか。まあ「人間にとって」というのはいささかオーヴァーかもしれないが、でも少なくとも僕にとってはかなり大事なことであるような気がする。僕はしばらくのあいだ水を見ないでいると、自分が何かをちょっとずつ失い続けているような気持ちになってくる。それは音楽の大好きな人が、何かの事情で長いあいだ音楽から遠ざけられているときに感じる気持ちと、多少似ているかもしれない。あるいはそれには、僕が海岸のすぐ近くで生まれて育ったということもいくらか関係しているのかもしれない。

何はともあれ、河までやってきて、ロングフェロウ・ブリッジあたりの遊歩道を走り始めると、僕は馴染みの場所に戻ってきたような、ほっとした気持ちになる。この「ほっとした気持ち」というのをもう少し長い文章で、漢字を使って細かく解説すると、「ああ、僕という人間は、こうして基本的にはとくに意味もなく——でも実際にはいやおうなく端末的なエゴを抱えて——生きとし生きている多くの非合理で微小で雑多なもののひとつとして、ここにあるのだ」というようなことを、ふと実感するわけだ。でもそういうことをいちいち言い出すと話が長くなるので、ごく簡単に言えば、ただ「ほっとした気持ち」になる。

水面は日々微妙に変化し、色や波のかたちや流れの速さを変えていく。そして季節はそれをとりまく植物や動物たちの相を、一段階ずつ確実に変貌させていく。いろんなサイズのいろんなかたちの雲が、どこからともなく現れては去っていき、河は太陽の光を受けて、その白い像の去来を鮮明に、あるいは曖昧に水面に映し出す。季節によって、

チャールズ河畔の遊歩道

まるでスイッチを切り替えるみたいに風向きが変化する。その肌触りと匂いと方向で、僕らは季節の推移のノッチ（刻み目）を明確に感じとることができる。そのような実感的な流れの中で、僕は自分という存在が、自然の巨大なモザイクの中の、ただのピースのひとつに過ぎないのだと感じとることになる。まるで朝鮮民主主義人民共和国の壮麗なマスゲームの中のひとりみたいに。それは、比喩の穏当さはともかくとして、まずまず悪くない気分だ。

マサチューセッツ州ボストンからケンブリッジにかけての地域は、ジョギングを愛好する人にとってはかなり理想的な場所であると言っていいだろう。ボストンがジョギングのメッカであるとまでは断言しないけれど、この町のランナー人口は他の都市に比べると、かなり多いはずだ。ボストンには健康を指向し、そのためには時間と金の投資を厭《いと》わない知的専門職人口（ひと昔前にはそういう人々をヤッピーと呼んでましたっけね）のぶ厚い層が存在しているからだ。だから町のランニング・ショップもけっこうしっかり充実している。それからジョギング・シューズ・メーカー「ニューバランス」をはじめとする地元のランニング関係企業も、いくつかこのへんに存在する。そしてなによりも、なによりも、ボストンはボストン・マラソンを持っているのだ。

3月になってようやく固い雪が解け、そのあとの嫌なぬかるみも乾いて、人々が厚いコートを脱ぎ、チャールズ河岸に繰り出す頃に（河岸の桜が咲き始めるのはもっと先だ。この町では桜は5月に咲く）、「さてそろそろお膳立ても整ったし……」という感じでボストン・マラソンはめぐってくる。僕はこの伝統のある高名なマラソン大会にぜんぶで四回出場した（註・現時点では全部で六度走っている）。91年、92年、94年、95年だ。93年は残念ながら小説を書くのに忙しくて出場を断念したが、仕方のないこととはいえその年はなんとなく寂しかったものだ。なんのかんのと、このマラソン大会は僕にとっては、大げさに言えば精神的なふるさとのような大会になってしまっているのだ。

じゃあほかのマラソン大会に比べて、ボストン・マラソンのいったいどこが、お前にとってそんなに素晴らしいのだということになるわけだが、そこにはもちろん沢山の理由がある。でもそんなに沢山聞いている暇はないから、たったひとつだけあげてみろと言われれば、「まずなんといってもそこには情景的な魅力がある」と僕は答えることになるだろう。そこにはたしかに情景的な魅力があるのだ。

レースはホプキントンという小さな郊外の町をスタートして、それから長く続く緑の田園風景を通り抜け、瀟洒《しょうしゃ》な高級住宅地を走り過ぎ、右に九〇度曲がって伝説の心臓破りの丘を越え（もちろん本当に心臓が破れるわけではない。ただただうんざりするだけだ）、やがてボストンの市街に入り、出発点から26マイルあまり離れたダウンタウンのスカイスクレイパーの前で劇的に終わる。春のマサチューセッツの光景はもちろん美しいわけだけれど、正直なところ、これはとくに得も言われぬほど美しい風景というほどのものではない。風景自体がもっと美しい場所はほかにいくらでもあるだろう。

それでもこの26マイルのコースが、僕らの目の前にするすると展開させていく風景には、なにかしら深く僕らの心をそそるものがある。僕はニューヨーク・シティー・マラソンもホノルル・マラソンも走ったし、それらのコースもそれぞれに美しく印象的だったと記憶しているけれど、でもボストン・マラソンのコースの風景には、他の大会には見受けられない、なにかしら特別なものが備わっているように思う。それはいったい何だろうと、僕はそのコースを走るたびにいつも考えていた。「いったい、この情景にある何が僕らにとってそれほど特別なのだろう」と。そしてある時はっとこう思った。その情景には――ややこしい言葉を使ってまことに申し訳ないのだが――一種の「概念設定」のようなものがしっかりと含まれているのだ、と。といってもわかりにくいかもしれない。そうですね、英語で言うならdeterminationという言葉が、あるいは近いかもしれない。つまり「これが我々の考えるマラソンの姿である」というひとつの明確な決意が、そこにきっぱりと感じられるということだ。その情景の中に……。

誰がいつそんな不思議な決意をしたのか、僕にはもちろんわからない。でもそれは確実にそこにある。そして我々ランナーはそのような決意された概念に、走りながら、不

ボストン・マラソンを走る著者。今まで計６回出場した

思議なくらいぴたりと感情を同化させることができるのだ。これはやはりなんといっても、特別なことだと言ってしまっていいのではないか。

「ふん、たかがマラソン・レースに決意された概念なんて持たれてたまるものか」とあなたはおっしゃるかもしれない。その気持ちは僕にもわからないでもない。でもこのレースの持つそのようなスノッブさは、ある意味においては、ニューイングランドという地域の持つスノッブさと、すっとかさなりあうものなのだ。それらの風景とそれらの決意とは、好むと好まざるとにかかわらず、何はともあれ表裏一体、もはや不可分なものとなっているように僕には思える。それはおそらく百年という長い歳月や、多くの人々の手の温かみや、「古いものほどいいものなのだ」というボストン人特有の頑迷さによって、いつのまにかこつこつと作り上げられてきたdeterminationなのだろう。とにかく僕は今でもそれらの道中の光景を、頭から順番に「ああなって、こうなって、あそこにあれがあって、ここにこれがあって」と思い出すことができる。生まれてはじめてのデートの道順を、細かくきっちりと思い出せるみたいに。

レースを走り終えると、そのままコプリー・プレイスの「リーガル・シーフード」に行ってまず冷たいサミュエル・アダムズ・ビールを飲む。それからチェリー・ストーンという貝をスチームしたものを食べる。僕が首からかけている完走メダルを目にして、ウェイトレスが“Oh, you are one of those crazy people, aren't you?”と言う。ああ、あなたもあのクレイジーな人々の一人なのね。そうです、僕もその一人だ。ありがとう。そのころになるとやっと「ああ、今年もボストンを走ったんだなあ」という実感が湧いてくる。

でも本当に素晴らしいのは、レースの翌日かもしれない。僕は翌日の朝、いつもと同じように家からチャールズ河まで走ってくる。もちろんレースのおかげで足が痛いからそんなに速くは走れないし、そんなに長くも走れない。でもとにかく走って河までやってくる。そして河の流れを眺めながら、いつもの遊歩道をのんびりと、身体を慰撫《スース》するように走る。べつに急ぐことはない。なんといっても肝心のレースはもう終わったのだ。そりゃたいしたタイムじゃないし、悔いが残らないわけでもない。誰がほめてくれるわけでもない。他人の目から見れば、僕はただ単に one of those crazy people に過ぎない。でもとにかく、僕はこの一年間毎朝健康に走り続け、そのひとつの結論として、またボストン・マラソンを走りきることができたのだ。これはやはり素晴らしいことではないだろうか。ささやかではあるけれど、ひとつの達成と呼んでもかまわないんじゃないか。

僕は春の空気を胸にいっぱいに吸い込み（ありがたいことに僕には花粉アレルギーはない）、桜がつぼみを膨《ふく》らませかけているのを目にする。ボストンでは桜は5月の初め頃に満開を迎える。静かにゆっくりと雲が流れ、気のいいアヒルたちが声を上げながら橋の下を、流れに乗って下っていく。まるで遊びを愉しんでいる小さな子どもたちのように。やがて前方から、同じように足を引きずり気味に走る中年のジョガーがやってくる。すれ違うときに我々はお互いに微かなほほえみを浮かべ、軽く手を挙げて挨拶をする。

そして多分、我々は既に来年の春のことを考えている。

〈追記〉

言うまでもないことだが、２０１３年に起こった「ボストン・マラソン爆弾テロ事件」は世界の人々に、とりわけ市民ランナーたちに大きなショックを与えた。マラソン・レースは、人々が最も無防備な格好で集まってくる場所だ。どうしてそんな平和な場所を、彼らはわざわざ標的として狙わなくてはならなかったのだろう？　哀しみと怒りを乗り越え、ボストン・マラソンがその独特のフレンドリーな雰囲気を失わないまま、いつまでも存続してくれることを祈っている。

緑の苔《こけ》と温泉のあるところ

アイスランド

1　作家会議

この9月にアイスランドのレイキャビクで「世界作家会議」みたいなのがあって、そこに出席しました。僕としては公式行事とか、レセプションだとか、講演だとか、人付き合いだとか、会食だとか、そういうのがなにしろ苦手なので、この手のものにはまず顔を出さないことにしているのだけれど、アイスランドから招待状が舞い込んだときには、「ふうん、アイスランドか」としばし考え込み、世界地図を広げてアイスランドを眺め、それから思い切って出かけてみることにした。だってこういう機会でもなければ、アイスランドってまず行かないような気がしたから。地図で見ると、アイスランドは本当に世界のてっぺんというか、端っこにあるみたいに見える。ほとんど片足を北極圏につっこんでいる。端っこの方に何かがあると、ついそこに行ってみたくなるというのも、僕の性癖のひとつだ。

それからちょうどアイスランドで、僕の小説『スプートニクの恋人』が9月に翻訳出版されることになっていた。『国境の南、太陽の西』に続く二冊目のアイスランド語翻訳である。でもアイスランドといえば、人口わずか30万弱の国である。よくわからないけど、ひょっとして東京都港区の人口の方が多いんじゃないだろうか？　そんな小さなマーケットで、僕の小説の翻訳なんか出しても、まずペイするわけないだろう。そう思うと、やっぱりこの機会に思い切って足を運んでみなくては、という気持ちになってきた。アイスランドって、いったいどんな国なんだろう？　そこでは人々は何を考えて、どんな暮らしをしているのだろう？

2　すかすかの国

東京からレイキャビクまでの直行便はないので、いったんコペンハーゲンまで行って、そこでアイスランド航空機に乗り換える。コペンハーゲンまでがだいたい十時間半、そこからレイキャビクまでが三時間弱。あわせると、かなりの長旅になる。僕は本を四冊読んだ。

アイスランドの面積はだいたい四国と北海道をあわせたくらいある。広いといえばけっこう広い。それでいてさっきも言ったように人口が30万人弱だから、かなり「すかすか感」はある。もちろんヨーロッパでいちばん人口密度が「すかすか」の国である。数字だけ聞いてもかなりすかすかだろうなと想像はできるのだが、実際に行ってみるとほんとに人がいない。もちろんレイキャビクは首都で都会だから（人口の半分近くがここに集まっている）それなりににぎやかで、朝夕にはしっかり車の渋滞なんかもあるんだけど（ほかに交通機関がほとんどないので、みんな車を運転するから）、レンタカーを借りてちょっと足をのばすと、そこはもう文字通りのすかすかランドである。行けども行けども車とすれ違うこともなく、人の姿を見かけることもない。人口856人とか、348人とかいったささやかな規模の町が、思い出したみたいにぼちぼちと出てくるだけだ。町と町とのあいだには、苔《こけ》の生えた広大な溶岩台地がえんえんと広がっている。なにしろこれだけの面積を持つ国でありながら、電話に市外番号というものがないのだ。全土、市内通話で通じてしまう。

アイスランドはヨーロッパにおける新しい観光地として、最近かなりの脚光を浴びているから、まあ夏のシーズンに来れば、観光客である程度にぎわっているのだろうが、僕が行った9月初めはしっかり完全な秋で、観光客の姿はほとんどなかった。多くのホテルは営業を終え、あるいは営業規模を大幅に縮小している。国中に「もう店仕舞い」という雰囲気が満ちていて、おかげさまで、北辺的な寂寥感はけっこうひしひしと感じられた。知らなかったけど、アイスランドの観光産業は5月くらいに始まって、8月の終わりでほぼきっちり終了してしまうのだ。そして短い秋が幕間《まくあい》のようにあり、それから長くて暗い冬がやってくる。

たしかに9月初めといっても、アイスランドは寒かった。日本のように「残暑厳しい」というようなことは一切ない。セーターを着て、皮ジャンパーを着て、襟巻きまでするというのが普通の日々の装備だった。なにしろ風が冷たい。9月になったばかりでこんなに寒かったら、真冬になったらどんなに寒いのかなと心配になるんだけど、実際には真冬の寒さはそれほどでもないらしい。メキシコ暖流がアイスランドあたりまであがってくるので、緯度のわりに冬はそんなに寒くならないということだ。むしろずっと緯度が下のヨーロッパ諸国の方が、寒さは厳しいそうだ。「ニューヨークの寒さとそんなに変わりないですよ」とアイスランドの人は主張する。しかし寒さはともかく、位置的に北極圏に限りなく近いところにあるので、冬場は夜が長くなる。北の方では一日のうち太陽が出ているのが二時間くらい、ということで、あとは真っ暗か薄暗いかというグラデーションの変化があるだけだ。人々はうちにいて、本を読むか、貸しビデオでも見ているしかない。そういうところに、一般の観光客はあまり好んでは来ないだろう。

というわけで、9月の初めに「世界作家会議」みたいなものが催されることになる。観光客もぐっと減っているから、ホテルだってとりやすいし。

3　読書好きの国

作家会議については、書くことはあまりない。僕がやったのは、自作朗読と、壇上公開インタビューと、新聞のインタビューがふたつ、アイスランド大学での講演（みたいなもの）、書店でのサイン会、あとは開会レセプションへの出席、カクテルパーティーに出てほかの作家と話をしたりすること。慣れないことをやるとやはり疲れます。ほんとに。でもアイスランドの若い人々と膝を交えて語り合えたのは、とても楽しかったです。それから、隣の席にいたきさくなおばさんと世間話みたいなのをして、記念品をもらったんだけど、あとで聞いたら、それが有名なアイスランドの元大統領だということだった。ほんとに気取りのないふつうの人だったんだけど。

アイスランドに行っていちばん驚いたのは、人々がとても熱心に本を読んでいることだった。たぶん冬が長くて、屋内で過ごすことが多いということもあるのだろうが、読書はこの国では、とても大きな意味と価値を持っているらしい。家にどれだけきちんとした書棚があるかで、その人の価値が測られるという話も聞いた。人口のわりに大きな書店が数多くあるし、アイスランド文学も盛んで、ハルドール・ラクスネスは１９５５年にノーベル文学賞を受賞している。彼が亡くなったときには、代表作の長編『独りで生きる人々』が数週間にわたってラジオで朗読され、文字通り全国民がそのあいだラジオの前に釘付けになっていたそうだ。バスは運行をやめ、漁船は操業を停止した。すごいですね。作家の数も多く、レイキャビクだけで340人の「作家」が登録されているという話だ。永瀬正敏の主演する映画『コールド・フィーヴァー』(フレドリック・フレドリクソン監督)の中でも言及されているように、アイスランドは人口あたりの作家の数が世界でいちばん多い国なのだ。

アイスランドの人々はほとんどバイリンガル並に流ちょうな英語を話すのだが、それでも彼らがアイスランドの文化と言語に対して抱いている愛情と誇りは、僕のようなないきずりの旅行者から見ても、かなり明白で確固としたものに見える。アイスランド語は成り立ちとしては古代ノルウェイ語に近い言語だが、西暦800年くらいから、構造的にはほとんど変化していない。その当時ヨーロッパで文学性を高く評価された「アイスランド・サーガ」で使われた言語が、今に至るまで脈々と続いているわけである。考えてみれば、千年以上昔の「物語言語」が、日本で言えば『源氏物語』の時代と同じ言語が、そのまま現役の言語として用いられているわけで、これはなかなかすごい。

ただし外国人がアイスランド語を習得することはかなりむずかしいらしい。どのアイスランドの人に尋ねても、「アイスランド語、むちゃくちゃむずかしいよ」ということだった。発音だって、完全に身につけるのはまず不可能、ということだ。まあどこにいっても英語はほぼ通じるから（レイキャビクから離れるにしたがって、いくぶんあやしくはなるけれど）、旅行をするぶんにはまったく不便はないわけだが、しかしなんとなく不思議に興味を引かれてしまう言語だ。

どうしてアイスランド語が長い歳月にわたって変化しなかったかというと、やはりここがヨーロッパの本当の「端っこ」にあって、行き来がかなり大変で、ほかの文化との交流が、ほんの最近になるまでそれほど盛んではなかったということが、いちばんの原因になっている。長いあいだにわたって、外来文化とか外来語とかが、少しずつしか入ってこなかったので、言語が比較的純粋なまま残されることになったのだ。アイスランドの人々はそのような自分たちの文化の独自性に対して、きわめて意識的で、今でも外来語はなるべく使わないようにしている。たとえばファックスとかコンピュータみたいな言葉も、そのまま使うのではなく、丁寧にアイスランドの言葉に置き換えて使っている。そういうところは日本とはずいぶん違いますね。

4　アイスランドのちょっと変わった動物たち

変わらないといえば、アイスランドの動物たちも、言語と同じように、昔からそれほど大きな変化を遂げていない。アイスランドは他国からの動物の持ち込みを厳しく規制しているからだ。それにはそれなりの理由がある。これまでのアイスランドのそれほど長くない歴史の中で（アイスランドの歴史は9世紀に始まる。それまではこの島はほとんどまったくの無人状態だった）、外国から持ち込まれた疫病のために、家畜が全滅したり、あるいは人口が激減したりした苦い経験を、彼らは何度も持っているからだ。狭い島で逃げ道がなく、また免疫力も強くないので、一度疫病が入り込むと、収拾がつかなくなってしまうことが多い。だから外国からの動物の持ち込みが厳しく制限されているし、そのおかげで、多くの動物が「アイスランド仕様」で独自の進化を遂げてくることになった。たとえばアイスランドの羊にはしっぽがない。アイスランドの人に話を聞くと、「生まれて初めて外国に行ったとき、羊にしっぽがあるので、とても驚きました」ということだった。

　僕は羊肉を食べないのでよくわからないけれど、アイスランドの羊肉の味はほかのところとはちょっと違うということだ。アイスランドの人に言わせると、アイスランドの羊たちは、昔のままの、香りある自然の牧草を食べて育っているので、肉にも自然な良い香りがついているという。うちの奥さんは羊肉が好きでよく食べるのだけど、アイスランドの羊は「ちょっとクセがある」ということだった。

　アイスランドの馬も、ほかのところの馬とはかなり違っている。初期植民時代にアイスランドに持ち込まれたまま、それ以来ほとんどほかの血統が混じっていないので、古代のスカンジナビア馬の面影をそのまま残している。全体的に小柄で、たてがみがとても長い。なんだか昔のグループサウンズの歌手みたいで、前髪をはらっとかきあげながらこっちにやってくるところなんか、色っぽくさえある。アイスランドの馬は、アイスランドの荒っぽい大地を走ることに適応して、我慢強く、性格が温和で、扱いやすく、ヨーロッパでも人気があるらしい。かつては島における唯一の移動手段として重宝されたが、みんな今では大型四輪駆動車に乗っているから、もちろんそのような有用性はなくなってしまって、ただリクリエーションのための乗馬が盛んに行われている。アイスランドの馬は競馬なんかには向かないけど、普通の乗馬には適していて、いたるところに乗馬クラブを見かけた。なにしろだだっぴろいところなので、馬に乗って走り回るのは楽しそうだ。

アイスランドの猫も、ほかの国の猫とはずいぶん違っているような気がする。僕は猫が好きなので、いろんな国に行くたびにそこの猫の外見や気質を詳しく観察することにしているのだけど、アイスランドの猫はなかなか興味深かった。まずだいいちに人口に比べて猫の数がやたら多い。サハリンでは犬ばかり目についたが、アイスランドでは圧倒的に猫が多かった。レイキャビクの街を散歩していると、しょっちゅう猫に出会う。どれも割に大柄な猫で、毛並みがきれいで、よく手入れされていて、とても人なつっこい。みんな首輪をしていて、そこに名前が書いてある。所属がはっきりしている。見るからに大事に飼われているみたいだ。そういう猫がわりに自由に、気ままに、のびのびと町中を歩いている。そして「おいで」と（日本語で）呼ぶと、ちゃんとやって来るのだ。アイスランドの猫がほかの国の猫とどこか違うかと言われても、とくに外見的に違いはないみたいな気がするのだが、性格的にはずいぶんおっとりして、人間に対して警戒心が少ないみたいだ。あるいは猫たちは、この北辺の地で、何かしらとくべつな内的変化を遂げてきたのかもしれない。とにかく猫好きな人には間違いなくうれしい街である。街を歩いているだけで和《なご》めます。

5　アイスランドの食事

アイスランドの主要産業は漁業である。だから当然のことながら、魚は新鮮でおいしい。これは日本人旅行者にとってはとてもありがたいことだ。モンゴルやトルコを旅行したときは、どこにいっても羊しかないという状況で、肉食に弱い僕としてはかなりめげたのだけど、ことアイスランドに関しては、どこにいっても新鮮な魚があるので、たすかった。レストランに入ると、いちいちメニューを見る必要もなく、「今日の魚定食ね」と頼むだけでいい。するとだいたい白身の魚をボイルか、フライしたものを持ってきてくれる。なにしろ量が多くて、食べ応えがある。つけあわせも充実している。

アイスランドはけっこう諸物価の高いところで、そういう定食も決して安くはない。ランチに魚定食を食べて、だいたい2000円くらいする。それもごく普通のそのへんのレストランで食べてその値段である。昼飯にしては高いよな、と思う。でも味はなかなか悪くない。それから「シーフード・スープ」というのもどこのレストランにもあって、これを飲むと身体がほかほかと暖まる。白身魚とか、鮭とか、エビとか、貝柱とか、ムール貝なんかがたくさん入ったリッチなスープだ。これも気に入って、わりによく食べていた。

料理だけじゃなくて、酒類も値段がかなり高い。アイスランドでは昔から飲酒が問題になっていて（たぶん冬が長くて厳しいせいだろう）、そのおかげで長いあいだ禁酒制度が続き、それが廃止されたのはかなり近年になってからである。しかしなぜかビールについてだけは禁酒法がその後も適用されていて、なんと1980年代も末になるまで、アイスランドでは一切ビールを飲むことはできなかった。もちろん多くの人は、自分のうちの納屋で自家製ビールを作って飲んでいたし、密輸業者たちはあれやこれや手を尽くして、外国ビールを大量に国内に持ち込んでいた。たとえば漁船の船員たちが税関の目を逃れて、こっそりと運び込んだ。なにしろ漁船の数が多く、海岸線が長いので、作業としてはそんなに難しいことではない。昔から、禁酒制度というのは効果を発揮したためしがないのだ。アイスランドの優れた映画作家、フレドリック・フレドリクソンに

『ムービー・デイズ』というチャーミングな映画があり、ここでは1960年代のレイキャビクの生活が描かれているのだが、そこにもビールの密輸でもうけて、優雅な生活を送り、近所でただ一人テレビを所有している男が登場する。主人公の少年はそのビール・ケースを運ぶ手伝いをして、小遣いを稼いでいる。しかしウィスキーの密輸なんかだと、『アンタッチャブル』みたいで、悪でタフな感じがするけど、ビールの密輸って、なんかもうひとつイメージとしてしまらないですね。重いばかりで。

アイスランド政府は禁酒制度がなくなったあとも、高い関税をかけることで飲酒の制限をしており、おかげで酒類の値段はとても高くなっている。レストランでワインやビールを飲むと、勘定書を見てかなり驚くことになる。アルコールの摂取量を制限するには、禁酒法よりはこちらの方が、より現実的な効果を発揮しているような気がする。しかし日本でもしビールが非合法になったら、いったいどうすればいいのか、僕には見当もつかない。どこかに亡命しようか。

6　パフィンを探して

アイスランドの名物はパフィンである。パフィンは知っていますか？　日本ではエトピリカとも呼ばれている。パフィンは本当に不思議な見かけの鳥で、北極近辺で活動する鳥のくせに、くちばしがまるで南国の花みたいにやたらカラフルで、足がオレンジ色で、ぜんぜん北方ぽくない。目つきはどことなく阪神（→楽天）の星野監督に似ている。春になると海の断崖に集団コロニーを作り、巣穴の中で子供たちを育て、秋冬は海の上を飛んで、魚を食べて暮らしている。野菜サラダとか焼き肉なんかは食べない。魚だけを食べている。一年のうちおおよそ七ヶ月を、陸地にまったく足をつけることなく、海上で過ごしているということだ。『海の上のピアニスト』みたいですね。世界中にいろんな鳥がいるけれど、こいつくらい一目で視認できる鳥はいないだろう。一目見れば「あ、パフィンだ！」とわかる。なにしろ目立つ。おなかが真っ白で、背中が黒くて、このあたりはペンギンに似ているが、これは魚たちの目から姿を見えにくくし、背中で太陽熱を吸収するためである。いろいろと合理的に考えられているわけだ。くちばしがどうしてあそこまでカラフルなのか、それについての説明はなかったけど。

実を言うと、アイスランドはパフィンの夏期コロニーが世界でいちばん多いところである。いちばん多いというか、圧倒的なシェアを占めている。だからアイスランドは「世界のパフィンの首都」と呼ばれている。中でもウェストマン諸島というアイスランド南岸にある小さな群島は、パフィンが数多く集結することで知られている。おおよそ600万羽のパフィンがここに巣を作って産卵すると言われている。600万ですよ！アイスランドの人口が30万人であることを思えば、これはものすごい数だ。

というわけで、アイスランドに行くのなら、この島に行ってパフィンの実物を見なくちゃなと思っていたのだが、電話で現地に「パフィンいますか?」と問い合わせてみると、「気の毒だけど、パフィンはもうみんな子育てを終えて、海に出て行っちまったよ」ということだった。8月の最後の週には、パフィンたちはみんなコロニーをあとにして、海上生活モードに入ってしまったらしい。残念。僕はその時点では、パフィンたちが秋になると海に出て行ってしまうということを知らなかったのだ。「まあ、子供たちはまだちびっと残っているけどね」

子供たち?

パフィンの親は、子供をある程度育ててしまうと、「あとはもう自分でやってね」という感じで、さっさと海に飛び立っていってしまう。あとにはまだ世間がよくわかっていない子供たちだけが取り残される。子供たちはある朝目が覚めると、自分が親に見放されていることに気づく。もう誰も餌を運んできてはくれない。しばらくのあいだは「ご飯まだかなあ」とじっと待っているのだが、いつまでたっても親は戻ってこないし、お腹はどんどん減ってくるし、切羽詰まって巣穴から出てきて、本能の導くままに羽を動かして、海に出て行って、自分で餌をとることになる。うまく餌をとれなかった子パフィンはそのまま死んでいく。すごく単純な世界である。人間だとこうはいかないですね。親に捨てられたりすると、たとえうまく生き延びても、それがトラウマになって、

はぐれ子パフィン救出作戦

あとの人生に差し支えたりするだろう。しかし昨日まで身を粉にしてせっせと子供にご飯を運んできた親パフィンたちが、ある日突然「もうあとは知らんけんね」とぱっと態度を切り替えて、どこかに行ってしまうという、クリアな人生観には刮目《かつもく》すべきものがあるような気がする。

いくら自然の本能とはいえ、すべての残された子パフィンが、うまく海の方に向かって飛び立っていくわけではない。町の方が明るいし、少なからざる数の子パフィンたちは、間違えて反対側の町の方にやってくる。町の方がなんとなくにぎやかそうだし、なんか楽しいこともありそうだし、ということで、ついつい町の方に惹かれてやってくるわけだ。その気持ちは僕にもわかるような気がする。でも正しいことではない。そういう都会志向の連中が夜の町をふらふらと徘徊して、車に轢《ひ》かれたり、猫や犬に襲われたり、あるいは「お腹すいたなあ、ふらふらするなあ」という感じでそのまま餓死したりしていく。そんなはぐれ子パフィンを、町の子供たちがせっせと拾い集め、段ボール箱に入れ、家につれてかえって食事を与え、朝になると海岸にもっていって、風に乗せてはなしてやるのだ。それが恒例の習慣になっている。そういう町ぐるみの「はぐれ子パフィン救出作戦」が行われるのがちょうど9月の初めなのだ。

なかなか面白そうじゃないか、ということで、その島に行ってみることにした。島の名前はヘイマエイ島、ウェストマン諸島の中で唯一人が住んでいるところである。人口は４４００人、漁業がとても盛んなところで、小さな島だが、ここだけでアイスランドの漁業収穫の15パーセントを水揚げしている。パフィンたちも言うまでもなく、周辺の魚の多さに惹かれてここに集結してくるわけである。島は、パフィンのコロニーがある時期には、パフィンを見に来る観光客でにぎわっているが、この季節になると、もうがらがらなので、ホテルはすぐにとれる。レイキャビクの街のすぐ外にある小さな飛行場（昔米軍が基地として使用していた）から、使い古しの古い双発機に乗って、ふらふらと風に揺れながら島に向かう。風は島に近づくにつれてどんどん強くなり、最後には「ちゃんと着陸できるのかしら」と不安になるくらい揺れた。

何しろ風が強い。島の飛行場に下りて、建物から一歩外に出ると、身体が吹き飛ばされてしまいそうなほど強い風が吹いている。それも時折突風みたいに吹いてくるというのではなく、コンスタントに休むことなくびゅうびゅうと吹いているのだ。そこに小雨も混じっている。島の人に聞くと、いつもだいたいこういう感じだよ、ということだった。雲が低く、ころころと天候が変化し、雨がよく降り、海はおおむね荒れている。パフィンたちはそういう気候がわりに好きなのだ。僕はあまり好きじゃないけど。

風は一晩中吹き止まなかった。ホテルの玄関には各国の旗が並んでいるのだが、それが強い風にばたばたと吹かれて、うるさくてなかなか寝付けなかった。じっと耳を澄ませば今でも、その旗が一晩じゅうはためいていた音が聞こえてきそうな気がするくらいだ。「夜の十時くらいになると、お腹をすかせた子パフィンたちが通りに出てくる」とホテルの人に言われたのだけれど、風は強いし、雨はそこに混じっているしで、ちょっとだけ通りに出たのだが、すぐにあきらめてホテルに戻ってきた。こんなところで夜中に子パフィン探しをしていたら、子パフィンたちを救助する前に僕が身体を壊してしまいそうな気がする。というわけで、我々がその日に目にしたのは、港でみかけた子パフィンの死骸ひとつだけだった。子パフィンは親とは違ってぜんぜんカラフルではない。普通のパフィンのモノクロ版を想像していただけると、それが子パフィンである。正直言って、モノクロになってしまうと、「えー、これがパフィン?」という脱力感がある。でも無力な子供のうちから色合いが派手だと、目立ってしまって、肉食カモメやほかの動物たちのかっこうの餌食になってしまうので、わざと地味な色合いになっているわけだ。育っていくうちにだんだん色がついてきて、一年くらいのあいだにちゃんとした総天然色になる。とにかく、そのモノクロの子パフィンが港の岸壁のところで死んでいた。死因はわからないが、傷はなかったから、お腹が減って行き倒れたのかもしれない。

この町には小さな自然博物館があって、ここにはアイスランドに生息する各種動物の剝製と、生きた魚たちが展示されている。どちらもとてもこぢんまりした展示で、大胆なものを期待していくと肩すかしをくうけれど、なかなか雰囲気がいい。僕が行ったときも、ほかに客は誰もいなくて、のんびりと時間をかけて展示物を見ることができた。

一見地味な魚でも、じっと見ているとけっこう味のあるものです。北極圏の魚って、よく見ると変なやつが多い。暗くて寒い海の底を好んで（かどうか知らないけど）うろうろしているような連中だから、南方の魚とはメンタリティーがかなり違っているのかもしれない。

館長さん（といっても館員はその人一人しかいないんだけど）は親切で、そしてまた暇そうで、尋ねると、いろんなことを親切に教えてくれる。パフィンの子供たちはまだいるんですか、と尋ねてみると、「うん、たくさんいるよ。今ここにも一羽保護しているんだ。さわってみる？」と言う。そして奥の部屋から段ボール箱に入れた一羽の子パフィンを持ってきてくれた。抱かせてもらった。間近で見るとてもかわいい。おとなしくて、抱いてもじっとしている。お腹をすかせていたらしく、館長さんが小さな鰯《いわし》を何匹かやると、すごい勢いでぺろぺろっと食べてしまった。

「明日の朝になったら、こいつを海に持っていって放してやるつもりなんだ」ということだった。この島は風が強いので、ぽんと空に放してやると、そのまま風に乗って飛んでいく。風が強いと、そういうときに便利なんですね。

館長さんは「東京都葛西の臨海公園にある水族館が開館したとき、ここの島からパフィンを持っていったんだ。あそこにいるパフィンたちは、この島のパフィンなんだよ。私もそのとき招かれて日本に行った。一週間滞在して、京都にも行った。うん、楽しかったな。人はすごく多かったけど」ということだった。僕も一度、臨海公園水族館に行ったことがあるけど、パフィンのことはよく覚えていない。いたような気もするけど……。今度ちゃんと見に行こう。

帰りのフェリーのデッキで、子供たちが実際にパフィンを空に放すところを目撃した。あまりに悪天候で、その日の飛行機便が全部キャンセルになって（それはしょっちゅうのことだ、とホテルの人は言った）、仕方なくフェリーに乗ってえっちらおっちら本土に帰ることになったのだが、おかげでその光景を目にすることができた。お父さんと一緒にフェリーに乗っていた男の子が、持参していた段ボール箱から真っ黒な子パフィンを取り出し、「よしよし」と頭を撫でてから、雨混じりの強風の中に鳥を投げ上げた。子パフィンは「あれあれ」という感じで、しばらくのあいだぎこちなくそのへんの空を飛んでいたが、やがて海上に降りて、そこに浮かんだ。そしてあっという間に、小さな黒い点になって、波間に見えなくなってしまった。たぶん子パフィンくんは、なんとかそこで生きていくのだろう。そして来年の春になったら、またこの島に戻ってくるのだろう。「がんばれよ」と思わず声をかけてしまった。

という感じで、パフィンはこの島のマスコットのような存在になっているのだが、また同時にパフィンは長いあいだ島民たちにとって、貴重な食料源としての役割も果たしてきた。まあ、ものすごくたくさんの数のパフィンが島にいるわけだから、少々食べたって、それでパフィンが絶滅したりするわけじゃない。パフィンは海に面した崖に巣を作って生活しているのだが、崖っぷちに行って、網を使えば、わりに簡単に捕獲することができる。パフィン採りの現場を映画で見たのだが、パフィン採りのおじさんが網をひゅっひゅっと振ると、あっという間に「あれれれ」という感じでパフィンたちが捕獲されてしまう。

話によれば（実際に見たわけじゃないので本当のところはわからないけど）地元の人々はパフィンを丸焼きのかたちで食べるみたいだ。でも観光客向きのレストランでは、丸ごとそのままではやはり刺激が強いのだろう、かたちがわからないように料理する。僕は鳥を食べないので、かわりにうちの奥さんが「本日のパフィン・ディッシュ」を食べた。チキンなんかに比べると、けっこう味に野趣《やしゅ》というか、クセがあるということだ。味の感じは雀なんかに似ているかもしれない。だから料理には濃厚なソースが使われている。「とくにもう一回食べたいとは思わないけどな」とうちの奥さんは言っておりました。この人は食べ物に対する好奇心が人並み以上に強くて、蛇でも蟻でもイグアナでも、いちおうメニューにあればなんでも食べてみるんだけど、ほとんどの場合「もう一回食べたいとは思わないけどな」と言う。しかし地元の人にとっては、「パフィン、こたえられないよね。おいしいよね」ということになるのかもしれない。味覚というのはローカルなものだから。

7　スナイフェルスネース半島に

ウェストマン諸島からレイキャビクに戻ってきて、そこでレンタカーを借り、ずっと北にあるスナイフェルスネース半島に向かう。本当はもっと北にある本格的なフィヨルド地帯に行きたかったのだが、残念ながらそこまで時間がなかったので、西海岸中部にあるこの半島をぐるっと回ってみることにした。

レンタカーは、本当はしっかりした四輪駆動を借りたかったのだけど、電話で値段を聞くと法外に高いので、気の弱い僕はすぐにあきらめて「じゃあ、カローラでいいです」と言ってしまった。でも実際にレンタカー・オフィスに行ってみると、用意されていたのはもっと小さい、緑色のデーウー（韓国車）だった。かなり乗り回されていて、サスペンションもいささかがたがたしている。フロント・グラスには飛び石によるらしい、小さなひびも入っている。でも「これしかない」ということなので、しょうがない、それで行くことにする。でもこのデーウーは、いったん馴れてしまうとなかなか軽快で、乗り心地も見た目ほど悪くなくて、未舗装路をびゅんびゅん軽快に走り回って、三日半で約1000キロを走行し、無事にレイキャビクに帰ってきた。しかしあんなひどい道路を1000キロも走ったら、サスペンションはかなり（最初よりも）がたがたになってしまったはずだ。エアフィルターは目詰まり寸前だろうし、飛び石だって、2500個くらいは車体にぶつかっているはずだ。世の中にはけっこうたくさんの「僕としてはやりたくない職業」が存在するけれど、「アイスランドのレンタカー会社経営」というのも、間違いなくそのひとつになるだろう。

いったんレイキャビクを離れると、走っている車はほとんど四輪駆動車になる。三菱パジェロか、トヨタ・ランドクルーザーが圧倒的に多い。とくに冬場は道路が凍結してしまうから、どうしてもこの手のヘビー・デューティー車が現実的に必要になってくる。東京の町中をたらたらと走っている、泥ひとつついていないぴかぴかのヘビー・デューティー車とはまったく使われ方が違う。でも幸い今回は、まだ路面凍結というところまではいかなかったので、カーブのあちこちでテールを派手にスライドさせながらも、軽量二輪駆動車でなんとか無事に帰ってくることができた。しかし未舗装道路の法定速度が80キロだから、なかなかワイルドな国だ。80キロで運転するのもかなり勇気がいるんだけど、だいたいの人はそれ以上の法外な速度でぶっ飛ばしていて、しょっちゅう後ろから追い抜かれた。レイキャビクで会った英国人の編集者の話によると、アイスランド人ドライバーの半分くらいは酔っぱらっていて、また半分くらいは運転しながら携帯電話をかけていて、その両方に同時に携わっている人もかなりいる、ということだった。

本当かどうかは知らないけど、本当かもしれないと思わせられる局面も少なからずあった。

アイスランドをレンタカーでドライブ旅行しようとする人に、ひとつだけ現実的なアドバイス。アイスランドの田舎に行くと、ガソリン・スタンドはほぼすべて無人になってしまう。給油作業は自分一人でやらなくちゃいけなくて、機械はクレジット・カードしか受け付けないことが多い。そしてその操作がものすごくわかりにくかったりする。機械のシステムがそれぞれに違って、まったく英語表示のないものもある。まわりにいる誰かに使い方を尋ねようと思っても、通りかかる人がほとんどいない。なにしろ閑散とした国だから。そんなわけで、ガソリンをどうやって入れればいいのか、おおよそのところを予習してから旅行に出かけられた方がいいと思います。そうしないと、車のガソリンタンクがからからになって、無人のガソリン・スタンドのポンプの前でただ途方に暮れる、という情けない羽目になったりもします。僕みたいに。ちなみにアイスランドのガソリンの値段はかなり高いです。

クレジット・カードで思い出したけど、アイスランド人くらい頻繁にクレジット・カードを使う国民はちょっとほかにいないんじゃないだろうか。見ていると、なにしろコンビニで雑誌を一冊とガムを買って、その支払いにもクレジット・カードを使う。僕なんかの（あるいは一般日本人の）感覚からすると、「それくらい現金でさっと払えばいいのに。せいぜい500円くらいじゃないか」ということになるんだけど、この地ではそういう感覚はないらしく、店員も当然のことのようににこにこしながらカードを受け取って処理している。そういう光景を目にすると、最初はかなりびっくりする。でもまあ、すぐに慣れちゃって、何日かたつと気にもならなくなった。あるいはクレジット・カードもこの地に導入されて以来、ほかの動物たちと同じように、孤立した環境で特別な進化の道をたどってきたのかもしれない。きっとのんびりした風土なんですね。

アイスランドの道路の状況はお世辞にもあまり良いとは言えない。幹線道路はもちろんみんなきれいに舗装してあるけれど、レイキャビクから遠ざかるにしたがって、未舗装の砂利道が多くなる。天候ががらがらと変化し、霧が出てくるとちょっと先も見えないという状態になる。アイスランドには「天気が気に入らない？　じゃあ15分待て」という格言（なのかな）があるけれど、それくらい急激に天気が変化するのだ。おまけにそこにふらふらと羊がさまよい出てくるので、運転は気が抜けない。なにしろ羊の数が多い。そして夏の間は、全土で羊が放し飼い状態になっている。そういう羊たちがしょっちゅう道路を横切るのだ。

僕の読んだ本によると、アイスランドでは羊は家族同様に大事にされているらしい。もちろん最後には食べられてしまうんだけど、生きているあいだは、ということです。その本によると、アイスランドの農夫は自分が飼っている羊たちに一匹一匹名前をつけて、「羊台帳」みたいなものに、たとえば「三四郎（右耳黒、背中に雲形斑点）、圭子（下半身黒、左目に隈取り）……」みたいな記載をして、自分のうちの羊たちを一匹一匹見分けられるようにしているのだそうだ。一人で数百頭も飼っている人が多いから、それはかなり大変な作業だと思うんだけど、アイスランドには固有のアイスランド時間みたいなものがあって、そのアイスランド時間の中では、３００頭の羊の顔と名前を覚えるのも、それほどたいした手間ではないのかもしれない。アイスランドの苔だらけの広大な荒野を車でのんびりと走っていると、「そういう人生も悪くないかな」という気持ちにもなってくる。

アイスランドはほぼ全土に苔が生えている。こんなに苔の多い国はほかにないだろう。日本の苔よりは色が淡いし、かたちも異なっているけれど、でも苔は苔だ。島の多くの部分がごつごつとした溶岩でできた荒野で、それが深い緑色の苔に覆《おお》われているのだ。よほど苔のできやすい風土なのだろう。それらの苔は、ただじっとそこにあり、古代から続く北辺の沈黙をしっかりと吸い込んでいるみたいに見える。また氷河が多く、雨もよく降るので、そのような苔の広野のいたるところに美しい渓流が流れていて、それがあちこちにダイナミックな白い滝を作っている。これはずいぶん神秘的な風景だ。こんな風景は、アイスランドでしか見ることができないはずだ。

森はまったくといっていいくらい存在しない。アイスランドが貧しかった時代に、人々が暖房用の薪にするために、そこにあった森林を伐採し尽くしたのだ。アイスランドにもともと生えていた樹木の99パーセントまでが人の手によって伐採されたという。当時の人々はぎりぎりの生活をしていて、植林をするほどの余裕もなかった。厳しい環境の中で生き延びるのがやっとだったのだ。今では、これじゃいけないということで、いろんなところで植林が始められているけれど、南国とは違って樹木の生長は遅いから、それらが鬱蒼《うっそう》とした森を作るようになるまでにはまだまだ時間がかかる。今のところ、せいぜい人の背丈ほどの樹木しかない。でもたとえ大きな樹木がなくても、茫漠と広がる溶岩台地がどこまでも苔の緑に包まれ、あちこちに小さな寒冷地の花が可憐に咲いている様は、なかなか美しいものだ。そういう中に一人で立っていると、時折の風の音のほかには、あるいは遠いせせらぎの音のほかには、物音ひとつ聞こえない。そこにはただ深い内省的な静けさがあるだけだ。そういうとき、我々はまるで、遠い古代に連れ戻されてしまったような気持ちになる。この島には無人の沈黙がとてもよく似合っている。アイスランドの人々は、この島には幽霊が満ちていると言う。でももしそうだとしても、彼らはとても無口な幽霊たちなのだろう。

アイスランドのそのような自然の中には、人は勝手に足を踏み入れることはできない。道路から離れてどこかに行くには、だいたいの場合、踏み分け道をみつけて、それを注意深くたどっていく。勝手にどすどすと広野に足を踏み入れると、そこにある苔や野生植物が踏まれて死んでしまって、それらがもとのように再生するまでには、とてつもない時間がかかってしまうからだ。みんなきちんと前の人のつけたルートに従って、静かに自然の中に入っていく。ゴミを捨てる人もいない。そのようにアイスランドの人たちは、植物をとても大事にしている。どこのレストランに入っても、テーブルに小さな花が飾ってあるんだけど、よくよく見るとそれらはすべて人工的に造られた花である。それも、バラとかカーネーションとかの鮮やかな花ではなく、ひっそりとした、名も知れぬ高山植物のイミテーションなのだ。そんな地味な造花を造っている国は、世界広しといえども、たぶんアイスランドくらいのものではないだろうか。これも慣れるとなかなか悪くないもので、植物の貴重な国で、精一杯自然の美しさを楽しもうとしている人々の気持ちが、じわじわと伝わってくる。普通の国のレストランに入って、テーブルの上の花瓶や一輪挿しに造花がさしてあると、「なんだ、イミテーションか」とがっかりするんだけど、アイスランドでは造花のけなげさが、むしろ心に残った。

スナイフェルスネース半島は西に向けて突き出た細長い半島で、長さは100キロメートル、先端にスナイフェルスネース火山がある。この火山はかなり立派な氷河に覆われており、ジュール・ヴェルヌは『地底旅行』を書いたとき、この標高1400メートルの火山の火口が、謎の地底世界への入り口になっているという設定のもとに、物語を進めた。もちろん実際はそうではない。でも麓《ふもと》に立ってこの神秘的な山を見上げていると――時間がなくて登れはしなかったが――そういう荒唐無稽な物語がけっこう本当の話みたいに思えてくるから不思議だ。とはいえ、スナイフェルスネース半島は天候が悪いことで有名なので、このスナイフェルスネース火山を頂上まできちんと見ることは大変むずかしい。からりと晴れた日にはその頂上と、真っ白な氷河を目にすることができる。しかしこの地がからりと晴れ上がる日は、ほとんどないと言ってもいい。僕も残念ながら、その全貌を視野におさめることはできなかった。雲に隠されている姿を見上げただけだ。というわけで、天候の悪いこの地を訪れる観光客は、防水コートと、防水靴と、帽子とマフラーを用意することが必要である。風も強いので、傘はほとんど役に立たない。とにかく濡れてもいいような布地で身体を覆っていくこと。

スナイフェルスネース半島の最大の街は、スティッキスホウルムルというところだが、それでも人口は1216人に過ぎないから、あとは推して知るべしである。なにしろ閑散としたところだ。海の家が撤収したあとの晩夏の海岸を想像していただければ、雰囲気的に近いかもしれない。前にも書いたけれど、9月になると観光シーズンも終わってしまうので、どこの町のホテルに泊まっても、泊まっているのは我々だけか、あるいはほかに一組くらいのものだった。レストランも多くは店仕舞いしてしまっている。「いったいどこで食べればいいんだよ」と言いたくなるのだが、大丈夫、どんな町にも必ずといっていいくらいピザ屋がある。こんな人口200人くらいの小さな町で、よくピザ屋が成り立つよな、と思うのだが、それらのピザ屋はどこでも驚くくらい繁盛しているのだ。アイスランド人はよほどピザが好きなんだな。というわけで、我々も仕方なく(ほかに選択肢がないので)、よくピザを夕食に食べた。ビールとアイスランド・ピザ。味はなかなか悪くなかったけれど。

スナイフェルスネース半島は天候はかなり惨めな代物だが、その風景が我々を失望させることはない。広く知られた観光名所みたいなものもとくになく、したがって訪れる旅行者もそんなに多くはないので、いかにも素朴、観光ずれもしていない。南側には比較的平坦な海岸線が続き、海鳥が多く、バードウォッチングに適している。北部沿岸にはいくつかの息をのむような美しいフィヨルドがある。大昔に氷河によって削り取られた断崖、ひっそりとした静かな入り江、赤い屋根の小さな教会、どこまでも広がる緑色の苔、低く速く流れるくっきりとした雲、不思議なかたちをした物言わぬ山々、風に揺れるソフトな草、句読点を打つように思い思いに散らばった羊たち、焼け落ちた廃屋(なぜか焼け落ちた家が多い)、冬に向けてしっかりと束ねられた干し草。それらの風景は、写真に撮ることさえはばかられた。そこにある美しさは、写真のフレームにはとても収まりきらない種類のものだったからだ。我々の前にある風景はその広がりと、そのほとんど恒久的な静寂と、深い潮の香りと、遮《さえぎ》るものもなく地表を吹き抜けていく風と、そこに流れる独特の時間性を「込み」にして成立しているものなのだ。そこにある色は、古代からずっと風と雨に晒《さら》されて、その結果できあがったものなのだ。それはまた天候の変化や、潮の干満や、太陽の移動によって、刻々と変化していくものなのだ。いったんカメラのレンズで切り取られてしまえば、あるいは科学的な色彩の調合に翻訳されてしまえば、それは今目の前にあるものとはぜんぜん別のものになってしまうだろう。そこにある心持ちのようなものは、ほとんど消えてしまうことになるだろう。だから我々はそれをできるだけ長い時間をかけて自分の目で眺め、脳裏に刻み込むしかないのだ。そして記憶のはかない引き出しにしまい込んで、自分の力でどこかに持ち運ぶしかないのだ。

8　温泉だらけ

アイスランドでは全土に温泉が出る。ほんとに温泉の湯気を国旗のマークにしてもいいんじゃないかと思えるくらい、温泉が多い。車で走っていると、ほかほかと白い湯気のたっている小川をよくみかけた。温泉が自然に湧き出て、それがそのまま川に混じって流されていくのだ。僕ら日本人の目から見れば、「ああ、もったいないな、せっかくの温泉なのに」ということになるのだが、なにしろアイスランドではそこらじゅう温泉だらけなので、とくに誰も気にしない。車をとめて、その川の水に手を浸してみると、びっくりするくらい熱かった。ほんとは服を脱いでちょっと一服したいんだけど、道路脇でそんなことをやっているわけにもいかないし。

アイスランドの人々は、その温泉を利用して地熱発電をおこなっているし、冬場の給湯暖房にも利用している。温室栽培にも使っている。温度がものすごく熱いので（100度に達しているものもある）、パイプラインをつかって50キロも遠くにある都市まで運んでも、それほど温度が下がらない。道路沿いにちょくちょくそういうパイプラインを見かけた。おかげで、どんな貧しげなホテルに泊まっても、部屋はぽかぽかと温かかったし、シャワーからはふんだんに熱い湯が出てきた。これはとてもありがたいことだった。また地熱発電をやっているおかげで、アイスランドはきわめてクリーンで安価なエネルギーを獲得している。自分たちだけでは使い切れなくて、電力の輸出まで考えているくらいである。

それから、温泉の湯を利用した温室栽培のおかげで、トマトやきゅうりがかなり豊富に出回っている。本来なら野菜なんてとても作れない寒冷地だけに、そういう面でも、この温泉は大いに人々の役に立っている。僕は食べなかったけど、アイスランド産のバナナもなかなかいけるということだった。それからアイスランドではちょっとした町なら（あるいはぜんぜんちょっとした町じゃなくても）、大きな温水プールが完備している。これももちろん温泉を利用したものだ。僕は泳ぐのが大好きなので、これはありがたい。良いことづくめである。

　でももちろん悪い側面もあって、火山の噴火と地震が多い。日本と同じだ。温泉のあるところ、どうしても火山の噴火と地震がつきまとう。「日本とは違って、人口すかすかの国だから、それほどの実害もなくていいんだけどね」とアイスランドの人は言うけれど、でもときにはやはり、それらは人々に甚大な被害をもたらすこともある。前に書いたパフィンで有名なヘイマエイ島も、１９７３年に激しい火山の噴火にみまわれた。港のすぐそばにあるエルドフェル山が突然噴火を始め、町の多くの部分が溶岩に押しつぶされてしまったのだ。このとき流出した溶岩は3平方キロメートルの新しい大地を作り上げ、それは今ではハイキングコースになっている。ときおり溶岩の下に、下敷きになった家屋の断片が見える。アイスランドの人と話していると、「三宅島の方は本当にお気の毒ですね」と言われた。たぶん三宅島の人々の身の上が、遠く離れていても、切実に感じられるのだろう。火山国には火山国の、共通したメンタリティーみたいなものがあるような気がする。

　温泉としていちばん有名なのは、レイキャビクから車で一時間弱の距離にある「ブルー・ラグーン」で、ここは本当に、冗談抜きででかい。小さな湖くらいの広さのある温泉に水着を着て入るのだけれど、まったく見渡すかぎりの温泉である。アイスランドのクリアな空の下、淡青色の「湖面」からほかほかと愉しげに湯気が立っている。この温泉は実は、となりの地熱発電所が排出する「排水」である。海水が溶岩の下に潜り込んで熱せられ、それを利用して発電をしているのだが、その使用済み海水が「そのまま捨てちゃうのももったいないね」ということで、温泉として再利用されているわけだ。細かいことはよくわからないけど、熱い湯の中にあったいろんな有機物が、冷えた外気にさらされることでぐずぐずとした有機物になり、独特のどろりとした湯を作り出す。温度は摂氏37度、塩分は2・5パーセント、なかなか気持ちのいいお湯だ。含有物は美容に良いということで、売店では特製の化粧品なんかも売っている。泳ぐこともできる。クロールで真剣に泳ぐにはいささか温かすぎるが、平泳ぎで顔を上げてのんびり泳ぐぶんには具合がいい。スケールの大きな温泉の滝もあって、あたまからびしびしと温泉に打たれることもできる。修行で「滝に打たれる」というのはあるけれど、「温泉に打たれる」という話はあまり聞いたことがない。でも実際にやってみると、温かくてなかなか気持ちの良いものです。あまり修行にはなりそうもないけれど。

問題は温泉に入っている人が多いこと。僕が行ったときには、ブルー・ラグーンは韓国から来た団体客でいっぱいだった。まわりから聞こえてくる声は、ほとんどが韓国語だった。みんな温泉につかって、すごく楽しそうだった。ひょっとして、韓国には温泉ってないんだろうか？　という気がするくらいのはしゃぎ方だった。それから入場料も

湖くらいの広さのある温泉

けっこう高い。所詮は「工場排水」なんだから、もっと安くてもいいだろうと思うのだけれど、既に世界的な観光名所になっていて、レイキャビクから団体バスで人々がどんどん運ばれてくるので、経営もけっこう強気である。僕としてはもっと素朴な「道ばた温泉」の方が気に入っているんだけど、それでもやはり、これだけだだっ広い温泉を現実に目の前にすると、言葉を失ってしまうところはある。話の種に、一度訪れてみるにはいいところだ。しかし、ほんとに広いなあ。

9　オーロラ、その他いろいろ

アイスランドを旅行していて気づいたいくつかのものごと。

もちろん季節にもよるのだろうが、アイスランドは極端に虫が少ないところだ。少なくとも9月の前半にはほとんど虫を見かけることはなかった。ただ一度、ホテルの浴室の中で小さな蜘蛛をみつけた。いかにも頼りなさそうな蜘蛛だった。普段なら浴室で蜘蛛を一匹みつけてもどうっていうことはないのだけれど、このときばかりはなんとなく懐かしかった。「まあ、君もがんばれよな」と声をかけてやりたくなった。いずれにせよ、虫がぜんぜん好きじゃないという人は、ボルネオに行くよりは、アイスランドを旅行された方がいいと思います。

アイスランドのどこに行っても、ふんだんに絵が飾ってある。個人の家から、レイキャビクの高級レストランから、田舎の安ホテルにいたるまで、壁にはところ狭しと絵が並んでいる。ほとんど壁の隙間が残っていないくらいだ。水彩画、版画、油絵……どれもローカル・アーティストの手になる作品で、正直言って「これは素晴らしい！」と叫びたくなるようなものはほとんど見かけなかった。素朴と言えば素朴、素人っぽいと言えば素人っぽいというか、その存在意味についてふと考え込んでしまうようなものも少なからずあった。でもその絵を描いた人が楽しくそれを描いて、その絵を壁にかけている人も楽しんでそれをかけているのだ、ということはだいたいにおいて理解できた。とにかく、アイスランドは人口のわりに画家が多い国であるらしい。この国の人は、歌を歌ったり（人が集まるとすぐに合唱になる）、詩や物語を書いたり、絵筆をとったりすることが生活の一部になってしまっているみたいだ。みんなが多かれ少なかれ、なんらかの芸術活動に携《たずさ》わっているのだ。受信的な大量情報が中心になって動いている日本からやってくると、こういう発信的情報に満ちている国はとても新鮮に見えるし、同時にまたちょっと不思議にも見える。

アイスランドの人々は口数がかなり少ない。旅行していても、「あんた、どっから来た？」とか尋ねられることはほとんどない。質問すると適度に親切に教えてくれるけれど、向こうから積極的に質問したりすることはあまりない。そういうメンタリティーなのだろう。

屋内屋外の掃除は行き届いている。世界中のあらゆる都会がそうであるように、街にはけっこうたくさん落書きがあるが、書き殴り的な落書きではなく、端正にアートされたものであることが多い。木材が高価なせいか、建材にはトタンがよく使われている。教会もその多くはトタン張りでできている。髪をポニーテールにした男性と、ウォークマンを聴きながら歩いている人を、一度も見かけなかった。なぜかはわからない。コーヒーを注文すると、ほとんど必ずチョコレートがついてくる。それからニューヨーク・ヤンキーズのキャップをかぶっている人が多かった。テレビでは野球中継なんかしていないのに、どうしてなのだろう？

夜の十時頃にレイキャビクの通りを歩いていて、鮮やかな緑色のオーロラを目にした。まさか都市の真ん中でオーロラが見られるわけはないだろうと思っていたので、それを実際に目にしたときはかなりびっくりした。カメラも持っていなかったから、ただ呆然と長い時間、その空に浮かんだ巨大な緑色のリボンを見上げていた。オーロラはくっきりとしていて、刻一刻とそのかたちを変えていった。美しいものだったけれど、それはただ美しいというよりは、もっと何かスピリチュアルな意味を持ったものに見えた。それは、苔と沈黙と精霊に満ちたこの不思議な北辺の島の、ひとつの魂のあり方のようにさえ見えた。

やがてオーロラは、言葉がもつれて意味を失っていくみたいに徐々に薄らぎ、そして暗闇に吸い込まれるように消えた。僕はそれが消えてしまうのを確かめてから、暖かいホテルの部屋に戻って、夢も見ずにぐっすりと眠った。

〈追記〉

僕がアイスランドを訪れた数年後（２００８年）に、アイスランドは厳しい経済危機に見舞われました。貨幣価値が急落し、人々の生活も苦しくなったようです。しかしその後状況は改善され、現在はかなりうまくいっているようです。

おいしいものが食べたい

オレゴン州ポートランド
メイン州ポートランド

アメリカの東西の海岸にある、ふたつの同名の都市を訪れる旅に出る。ひとつは西のオレゴン州ポートランド、もうひとつは東のメイン州ポートランドだ。どちらの都市も名前の示すとおり、古い歴史を持つ港湾都市であり、港町らしい風景とたたずまいを持っている。街の規模も大きからず小さからず、ちょうど頃合いがよく、通りを歩いていても、大都会にはない穏やかな親密さがそこかしこに感じられる。

しかしそれ以外にも、この二つの都市が共有する要素がある。それはレストランの質の高さと数の多さだ。この二つの都市はこのところ、先進的な優れた料理を提供することで、急速に業界の注目を浴びるようになった。ある高名なニューヨークのレストランのオーナー・シェフは「ニューヨーク・タイムズ」紙のインタビューの中で「今いちばん目が離せないのは、東西両ポートランドのレストランの動きだね」とはっきり言い切っている。

何がこの二つの――失礼ながら、どちらかといえば文化的先端からいくぶん離れたところに位置していた――地味な地方都市を、全国の注目を集める「美食都市」にのし上げたのだろう？　それがとりあえず僕の知りたかったことだった。しかしそれだけではない。数多くの質の高いレストランが維持されるためには、言うまでもなく、それを支える顧客層がそこに存在しなくてはならない。そのような人々はどのようにしてこれらの都市に引き寄せられることになったのだろう？　それもひとつの興味深い点だ。まず西のポートランドから訪れてみよう。

1　オレゴン州ポートランド

オレゴン州ポートランドの歴史は、東の同名都市のそれに比べるとずいぶん若い。1851年には人口はわずか821人に過ぎなかった。町とも呼べないくらいだ。しかしこの街は深い水位を持った、内陸の自然の良港として、林業と漁業を中心に着実に発展を遂げることになる。そしてまた人口稠密《ちゅうみつ》なカリフォルニア諸都市に農産物を供給する要としての役を担うようになった。

とはいえポートランドが独自の文化を起ち上げ、展開するようになったのは、比較的近年になってからのことだ。あえて大都市に居を構える必要性のないコンピュータ関連のハイテク産業や、スポーツ産業の発展（ナイキの巨大な本社が街の郊外にある）が、

「ヒースマン・レストラン」の仏ノルマンディー出身の
シェフによる料理

この街に新たな活気をもたらし、高度の専門教育を受け、収入に余裕のある、若い世代の意識の高い人々が、この地域に好んで移り住むようになった。ポートランドは毎年「若い世代の人々が暮らしたい都市」リストの上位に食い込んでいる。そのような人々はクォリティーの高い、しかし華美ではない生活環境を求めているし、外食もそのライフ・スタイルの大事な一部である。住民たちのそのような要望にこたえて、意欲溢《あふ》れる新しい世代のシェフたちがこの街に参集し、次々に新しいレストランを立ち上げ、腕を競うことになったわけだ。

ポートランドのめぼしいレストランに入ってまず気がつくのは、使用している食材の生き生きとした質の高さだ。これればかりはニューヨークやロサンジェルスのレストランには真似のできないことだろう。使われている野菜や肉や魚の大半は、すぐそのへんでとれた新鮮なものである。しかしただ新鮮なだけではない。レストランの経営者やシェフたちは、自分の目で食材をいちいち吟味している。彼らの多くは農家や牧場と契約を結び、有機農法を用いた食材だけを使うように気を遣っている。そこまでの細かい目配りができるのは、何といっても地元の強さである。

彼らの供する料理のひとつの特徴は、基本的に調理に手を加えすぎていないことだ。食材の本来の滋味を壊さぬように、細心の注意が払われる。食材が自らのうちに備えている自然な力に、あくまで手を添えるかたちで料理が作られている。旧来のアメリカ料理に見られた「これでもか」という強引な味つけは排除されている。これは比較的あっさり味好みの日本の旅行者にも、おそらく歓迎されるところだろう。というか、彼ら新世代のシェフの料理からは、日本料理の与えた影響が間違いなくうかがえる。しかし言うまでもなく、これらレストラン間の競争は半端なく熾烈《しれつ》だ。毎年数多くの店がこの街に生まれ、そして消えていく。意識の高い（言い換えればそれだけ要求する水準の高い）顧客たちを惹きつけ、つなぎ止めるためには、高度なオリジナリティーと細やかな工夫がシェフたちに要求される。そしてそれらは日々意欲的に更新されていかなくてはならない。

ポートランドで僕が個人的に気に入ったのは、ダウンタウンにあるヒースマン・ホテルのレストラン。親しくしている作家のポール・セローが、この店を僕に推奨してくれた。ポールは旅行作家だけあって、なにしろいろんな場所に詳しい。「なあ、ハルキ、ポートランドに行くのなら、この店ははずしちゃいけないよ」と彼は強く主張した。そして彼は実に正しかった。食材の新鮮さ、想像力に富み、ひとつ筋の通ったメニュー構成、老舗《しにせ》らしい深みある味つけ、サービスの充実、どれをとってもこのレストランは一級品だった。それでいてぜんぜん偉そうではない。オーナー・シェフのフィリップ・ボーラートさんはフランス、ノルマンディーの出身だが、世界各地の一流レストランをわたり歩いた末、十三年前にポートランドにたどり着いた。そして食材の新鮮さと豊かさと、土地の持つ自由な気風が、彼をこの街に落ち着かせることになった。しかし彼の言うところによれば「私がやってきた頃は、この街のレストランの水準はお話にならないくらい低かったんだよ」ということだ。この店がポートランドの「美味革命」のひとつの牽引《けんいん》力になってきたことに間違いはないだろう。

「今の季節はこれがいちばんおいしい」と彼が勧めてくれたのは、たった数週間しか収穫できないという、地元の名産「フッド・ストロベリー」（フッド山は「オレゴン富士」とも呼ばれる山。ここでとれるイチゴ）。これを使ったサラダやデザートがメニューにいくつも載せられていて、その何品かを試しに味わってみた。舌の中でじんわりと滋味が広がっていく美味なイチゴだ。そのようにここの料理には、季節の食材がふんだんに使われており、従ってメニューは完全な日替わりになる（この街のレストランのほとんどは固定メニューではなく、日替わりのラインアップを提供する）。「秋には松茸をぞんぶんに使うんだよ」とフィリップさんは言う。日本人である僕としては、松茸を用いた料理の内容をいちいち聞いているだけで、思わずよだれが出てきそうになった。それからサービスで出してくれたウズラの料理は絶品だった。僕は実を言うとウズラは苦手で、ちょっと味見するだけにしておくつもりだったのだが、結局そっくり全部食べてしまった。ついでながらイチゴもとくに好きじゃないんだけど、それでも……。

ほかに感心させられたのは、「フィルバーツ」という街はずれにあるレストラン。去

個性的な中古レコード店が揃っている

年できたばかりの新しい店だ。僕は季節野菜のリゾットをメインにとったのだが、これは実に簡潔にして、念入り。人間にたとえれば、言葉は少ないが要領を得た人のようだ。前菜としてはムール貝のムニエルがお奨《すす》め。僕はムール貝よりは牡蠣《かき》の方が好みなんだけど、「スイート・トーテン・インレット・マッセル」と呼ばれる、この地元でとれた新鮮な貝は、思わず口もとがほころぶほどうまかった。とろけるように柔らかく、なにしろ量が多い。三人でも食べきれないくらいだ。おまけに値段はまったく嘘のように安い。自慢のクラブ・ケーキも試してみる価値があるだろう。

またポートランドはワインにも恵まれている。オレゴンのワインは、高名なナパのワインに比べれば、日本ではまだあまり高い評価を受けていないようだが、ここで作られているピノ・ノワールは間違いなく一級品だ。ワイン好きの方なら、市内から車で一時間ほどのウィラメット・ヴァレーで、ワイナリー巡りをされるといい。様々なワインを試飲しつつ、満ち足りた一日を送ることができるはずだ。僕はポートランドに住む知り合いの車で案内してもらったのだが、とても愉しい半日を過ごすことができた。風景も美しいし、人々ものんびりしていた。ありがたいことに、ナパみたいに観光客で混み合ってもいないし。

またワイン好きのみならず、ビール好きにとっても、オレゴンはなかなか素晴らしい街である。数多くの小規模なブリューワリーが、ちょうど日本の地酒みたいに、この小さな街で覇《は》を競っている。ビアホールに入ると、地元ビールのロゴ付きのタップ（生ビールを注ぐための取っ手みたいなやつ）がずらりと並んでいる。さあ、どれから飲んでみようかと迷ってしまう。

それから（とりわけ）僕にとって嬉しいことには、この街には個性的な書店と、中古レコード店が揃っている。ポートランドにはいくつかの優れた教育施設があり、学生の数も多いためだ。もしあなたが本好きなら、全米でいちばんの規模を誇る独立系書店「パウエル」で、半日ばかり至福の時を送ることができるだろう。なにしろ中で迷ってしまうくらい広い店で、古書と新刊が肩を並べてぎっしりと棚に並んでいる。僕はここで面白そうな本を何冊かみつけて買った。それをレジに持っていったら、「おお、ムラカミさんじゃないか」と言われて、なんのかんのと50冊くらいの本にサインをさせられてしまった。でも店員はみんないかにも本が好きそうな人たちで、僕としてはそこで楽しいひとときを過ごすことができた。中古レコード屋では珍しいレコードを一抱え買うことができた。

ポートランドから少し離れることになるが、市の郊外にはナイキの本社がある。お願いしてそこを見学させてもらった。広大な緑溢れる敷地に、清潔な建物がぽつんぽつんと点在していて、風景的には、企業というよりはほとんど大学にしか見えない。そして実際に人々はそこを「キャンパス」と呼んでいる（すべてのナイキ社員が、自分の会社を「キャンパス」と呼んでいるのを目にすると、ちょっと不思議な気がしなくもないけれど）。

「キャンパス」には（当然の話かもしれないが）スポーツ施設が充実している。大きなバスケットボール・コートから、ジムから、プールまで。そして社員は好きなときに好きなだけ、それらの施設を利用することができる。うらやましい。広大な緑の敷地を巡るジョギング・コースも完備している。僕はとくべつにそのコースを走らせてもらった。一周1・5キロくらいのコースだが、おが屑がぴったり敷き詰めてあって、足にとても優しい。森を抜け丘を越え、豊かな自然の中、そのコースは続いている。空気もきれいだ。僕はとりあえず二周したが、もっとそのままずっと走っていたかった。途中に400メートルのトラックもあり、そこでスピード練習をすることもできる。まさに至れり尽くせりだ。これは「世界でいちばん素晴らしいジョギング・コース」と言い切ってしまっていいような気がする。

ポートランドの街に戻ろう。

「ポートランドはアメリカの中で、人口あたりレストランの数がいちばん多い街なんです」と地元の人は言う。「また人口あたりいちばん読書量が多くて、それから大きな声では言えないけど、教会に通う人がいちばん少ない街なんです。ははは」

どうですか？　あなたはこういう街が気に入りそうですか？（大きな声では言えないかもしれないけど）僕はすっかり気に入ってしまった。しかしそんなにレストランにばかり通っていたら太ってしまうんじゃないか？　大丈夫です。ご心配なく。街の中心を流れるウィラメット川沿いには、とびっきり美しいジョギング・コースも用意されています。

2　メイン州ポートランド

飛行機に乗って北米大陸を横断し、西海岸のポートランドから東海岸のポートランドに移る。同じ国とはいっても三時間の時差があるし、二つの都市の歴史や成り立ちはそれ以上に大きく異なっている。メイン州のポートランドが、英国人たちによって「発見」されたのは1600年前後のことである。ちょうどシェイクスピアが活躍していた時期に当たる。日本で言えば関ヶ原の戦いの頃。

穏やかな海洋性気候に恵まれたオレゴンとは違って、メインは開拓者たちがすんなりと生活を確立できるような生やさしい場所ではなかった。氷河に痛めつけられた土地は農耕には適さず、冬季の気候は想像を超えて厳しく、人々は当初、飢餓と隣り合わせた生活を送らなくてはならなかった。荒々しい先住民たちは開拓地をしばしば攻撃したし、カナダ国境に近いメイン州はフランスとの戦争において血なまぐさい最前線になった。そこに入植した人々は主にスコットランド系アイルランド人だった。恵まれない立場に置かれていた彼らは、自作農となる夢を抱いてアメリカに渡ったのだが、結果的には本国にいたとき以上に厳しい生活に直面することになった。それでも彼らは音《ね》を上げなかった。そのような厳しい土地柄と歴史は、自立心が旺盛で、辛抱強く、いくぶん意固地な気質をもった住民を作りあげていった。今でもメイン州の住民は（かなり穏やかに表現して）「ちょっと風変わりな」ことで知られている。「かなり偏屈」と言い換えてもいいかもしれない。

しかしそのように長年にわたって独自の風土、気質を頑《かたく》なに守り続けてきたメイン州も、近年になって大きな変化を遂げつつあるようだ。アメリカ経済の中心は、この二十年ばかりのあいだに製造業から知的サービス業へと大きくシフトし、それに連れて人々の生活スタイルも変わった。とくに若い世代は、より自由で健康的な生活環境を求めるようになった。そしてボストンの裕福な家族が夏に訪れる避暑地に過ぎなかったメイン州に、人々は安住の地を求めるようになった。生活費が比較的安く、広い家が手軽に手に入り、犯罪が少なく、テロの心配もなく（とくに２００１年の同時多発テロ事件以来、それは大きなプラスになった）、子供たちを安心して育てられ、空気はきれいで、食材は新鮮だったからだ。そしてそのような新住民たちを顧客とする、意欲的なレストランがポートランドのダウンタウンに軒を連ねるようになった。このあたりの事情も西のポートランドによく似ている。

レストランに入ると、客たちの年齢層の若さと、賑やかさと、雰囲気の闊達《かったつ》さにまず驚かされる。男女の数はほぼ同数、全員が白人。彼らがこの土地でのリラックスした生活を楽しんでいることがよくわかる。サービスは行き届いているが、大都会の高級レストランとは違って、ぴりぴりとした神経質なところはなく、いかにもフレンドリーでカジュアルだ。オレゴンとは違って、ここではワインは作られていないが、そのかわりメイン州ポートランドが誇れるのは、驚くばかりに潤沢な海産物である。とくにメインといえばロブスター。とれたての新鮮なメイン・ロブスターを味わわずしてこの街を出ていくことはできない——とまでは言わないが、やはりせっかくここまで来たんだから、ロブスター関連は押さえておきたい。世界的にみて漁獲量は長期減少傾向にあるが、メイン州におけるロブスターの収獲は今のところ、しっかりと安定しているということだ。だから安心してたらふく食べて下さい。港に行けば、生きたロブスターのお持ち帰りもできます。

ポートランドの街にはとても数多くのレストランがあって、平均点も高く、どれを推薦すればいいのか迷ってしまうところだが、僕の個人的お薦めはまず、ダウンタウンのフォア・ストリートにあるその名も「フォア・ストリート」というレストラン。ただしここは、よほどしっかりと住所を確かめてから行かないと、簡単には場所が見つけられないようになっている。看板も出していないし、外観からはレストランかどうかもよくわからない。もともとは倉庫だったところを改造してレストランにしたのだが、正直言って今だって倉庫にしか見えない。ドアを開けて、そろそろ中をのぞき込んで「あ、ここがレストランだったんだ」ということになる。凝った仕掛けだ。しかしテーブルについてメニューを手に取ると、ここがありきたりではない料理を提供する、若々しく質の高いレストランであることが推察できる。運ばれてきた料理も我々の期待にしっかりこたえてくれる。素材は丁寧に選ばれており、味つけは率直で、付け合わせにも気が配られている。質の良い普段着のような料理だ。ワインも進む。僕は前菜にワイルド・マッシュルームのオレキエッティ（10ドル）をとり、メインに魚介類のシチュー（16ドル）をとった。「こんな安くていいのかしら」と思わず首をひねってしまうような値段だ。この店が東京にあったら、ほんとにしょっちゅう行くんだけどな。

もう一つのお奨めは「ストリート・アンド・カンパニー」。昔この街に来たときに偶然、改造された倉庫街でこの店を発見した。もしあなたがポートランドまでやってきたが、たった一度しか外食できないという立場にあるのなら、僕はたぶんここを推薦すると思う。「フォア・ストリート」よりも更にカジュアルで賑やかな店だが、料理の質は

メイン州ポートランドでも中古レコード屋巡り。
「サムシン・エルス」(キャノンボール・アダレイ)の
掘り出し物LPを手に

高い。ここでは新鮮な魚介類のグリルを頼むのが常道だろう。それからメイン・ロブスターのグリル、リングイーネ添えは食べ応《ごた》えがあって、かなりのお買い得だ。僕はここで食事をすると、「ああ、楽しい食事というのはこういうものなんだな」と納得することになる。気取った食事って疲れますよね。ただし相当に騒がしいから、恋人との穏やかな（あるいは微妙な）語らいには適さないかもしれない。何人かの友だちと談笑を楽しむのに向いている。いつも満席なので、予約は必須だ。

もう少し上品な雰囲気で、仲の良い（あるいは更に仲良くなりたいと望んでいる）ご婦人とともに落ち着いて料理を味わいたいという方には、「ヒューゴズ」が適しているかもしれない。いわゆる「ヌーヴェル・キュイジーヌ」で、料理には手が入っており、見た目も美しい。4コースの定食（プリ・フィックス）に限られており、いくつかの選択肢の中から料理を選ぶ。カジュアル・シック指向のポートランドでは、この手のシステムはけっこう珍しい。きっと味に自信があるのだろう。僕は野菜好きなので「メイン産の有機野菜のテンプラ」と、「赤と黄色のビーツのリゾット」と、「マイタケ・マッシュルームのロースト」と野菜づくしで注文した。野菜づくしのコースで飽きさせないというのは、なかなか難しいものなのだが、うん、飽きなかった。リゾットの炊き具合は絶妙、ビーツの扱いも手が込んで洒落ている。マイタケはいかにも新鮮で、ナイフがつるりと気持ちよく入る。そこに泡立てたトリュフのソースがかかっている。

どれも量は適度で、味つけがしつこくないので、するするとお腹に入ってしまう。仲の良いご婦人にもきっとご満足いただけるのではないだろうか。更に仲良くなれるかどうかまではわからないが。値段は一人70ドル。この街のほかの店に比べるとちと高いが、実際に食べてみるとなるほどと納得させられる。ワインの値段はきわめてリーズナブル。オーナー・シェフのロバート・エヴァンズさんがプリ・フィックス・ディナーを始めて六年になるが、その美しく丁寧な仕事ぶりで、ポートランドにおけるトップ・レストランの地位を守り続けている。

僕はボストンに住んでいるときに、車を運転してちょくちょくこのポートランドの街を訪れたが、そのひとつの目的は家具職人のマルゴネッリさんの工房を訪れることであり、もうひとつは市内の某中古レコード屋で、古いジャズのレコードを買い込むことにあった。店主のボブ・ワーツさんはCDなんぞ絶対に扱わないという頑固にして几帳面なLP原理主義者で、そういうところで僕と話があう。この日も話をしながら、ついついたくさんのレコードを買ってしまった。キャノンボール・アダレイの「サムシン・エルス」(ブルーノート)のファースト・エディションのぴかぴかの美品が20ドル。どうです、安いでしょう。よくわからない？　LPなんかもう聴かない？　そうですか、すみません。

マルゴネッリさんは、ポートランドから車で一時間ほどかかる山中に一人で暮らし、自宅の工房で美しい家具をこつこつと作っておられる。メイン州は質の高い木材を産出することでも有名なのだ。僕は木目のきれいなメープルを使ったいくつかの家具を、この人に頼んで作ってもらった。メイン州の住民らしくとても頑固な人で、ぶっきらぼうで、気心が知れるまでに少し時間がかかるが、この人の作る家具にも同じように一本気なところがうかがえる。使えば使うほど愛着が持てる、美しく優れた家具だ。見るたびにほれぼれしてしまう。

というわけで、メイン州ポートランドはなかなか素敵なところです。ボストンから車を運転してけっこう時間がかかるけれど、行くだけの価値はある。メイン州はスティーブン・キングの書いたほとんどの小説の舞台になっている土地だが、個人的にとくに怖い目にあったようなことはまだ一度もないから、安心して出かけてください。

家具職人マルゴネッリさんの工房

懐かしいふたつの島で

ミコノス島
スペッツェス島

今から二十四年ほど前のことになるが、ギリシャの島に住んでいた。スペッツェス島とミコノス島。「住んだ」といってもせいぜい合わせて三ヶ月くらいのことだけど、僕にとっては初めての「外国で暮らす」体験だったし、それはずいぶん印象深い体験になった。ノートに日々の記録をつけ、あとになって『遠い太鼓』という旅行記の中にそれをまとめた。

その後も何度かギリシャに行くことはあったけれど、それらの島をもう一度訪れたことはなかった。だから今回はそのとき以来の「再訪」ということになる。「ピルグリメイジ（巡礼）」という英語の表現がある。そこまで言うのはいささか大げさかもしれないが、要するにおおよそ四半世紀昔の自分の足跡を辿《たど》ることになるわけで、懐かしいといえばたしかに懐かしい。とくにミコノス島は小説『ノルウェイの森』を書き始めた場所だったので、僕の中にはそれなりの思いのようなものがある。

１９８６年９月にローマに着いて、その初秋の美しい光の中で一ヶ月ほどを過ごし、それからアテネに行き、ピレエフス港から船でスペッツェス島に渡った。イタリアに本格的に住み始める前に、ギリシャで数ヶ月を送りたかった。10月も半ば、ギリシャの観光シーズンは既に終わって、働き疲れたギリシャ人たちがホテルやレストランや土産物屋の店仕舞いを始める頃だ。この時期になると、いくらギリシャとはいえけっこう寒くなってくるし、天候もだんだん悪くなる。曇りの日が多くなり、冷ややかな風が吹き、雨もよく降るようになる。クルーズ船で夏の陽光溢《あふ》れるエーゲ海の島を訪れたことのある人は、秋が深まったときそこがどれほどひっそりとした場所に（ある時には陰鬱なまでの場所に）なり得るかを知ったら、きっとびっくりするに違いない。

どうしてそんな魅力的とは言いがたい季節を選んで我々（というのは僕と奥さんのことだが）がギリシャの島に住むようになったのか？　まずだいいちに生活費が安かったから。高物価・高家賃のハイシーズンの時期に、ギリシャの島で何ヶ月か暮らせるような経済的余裕は、当時の我々にはなかった。それから天候のよくないオフシーズンの島は、静かに仕事をするのに向いているということもあった。夏場のギリシャはいささか騒がしすぎる。僕は日本で仕事をすることに当時疲れていて（それにはまあ、一口では言えないいろいろな理由があったのだが）、外国に出て面倒な雑事を逃れ、ひっそり仕事に集中したかった。できれば腰を据えて、長い小説も書きたかった。だから日本を離れて、しばらくのあいだヨーロッパに住むことに決めたのだ。

1　ミコノス島

今回もやはり、同じ「あまりぱっとしない」オフシーズンの時期を選んで島を訪れることにした。季節の設定をおおよそ揃《そろ》えて訪れた方が、今と昔とで何が変わったか、何が変わらなかったか、比較がしやすいだろう。

ミコノス島まではドイツからジェット機の直行便が飛んでいる。このことにまず驚かされた。昔はミコノスに行くには、アテネからオイルサーディンの空き缶みたいなぺらぺらのプロペラ機に乗るか、ピレエフスからのろいフェリーに乗るしかなかった。島の滑走路が短くて、ジェット機の離着陸なんてとてもできなかったからだ。だからちょっと強い風が吹くとすぐに便が欠航した。三日も強い風が吹き続けると（それは珍しいことではない）、島は足止めをくらった旅行者であふれたものだ。でも今では新しい長い滑走路ができたので、多くの観光客が時間をかけず、足止めをくらう心配もなく、この島にヨーロッパ各地から直行することができる。もちろん便利なことは便利なんだけど、いささか淋しいような気がしなくもない。不便さは旅行を面倒なものにするが、同時にまたそこにはある種の喜び——まわりくどさがもたらす喜び——も含まれている。

でもいったん現地に着いてみれば、ミコノスはなんといってもミコノスだった。ドラクマがユーロに変わっても、プロペラ機がジェットに変わっても、インターネット・カフェやスターバックスがあちこちに登場しても、そこは相変わらず砂糖菓子のような白い建物が肩を寄せ合って並び、迷路のごとく街路が入り組んだ美しい海辺の街だった。見違えようのない、あのミコノス。

しかしミコノス島は観光地として確実にヴァージョンアップしていた。ジェット機の就航や、しばらく続いた好景気のせいで、より多くの人々がここを訪れるようになったのだろう、ホテルも増えたし、ファッショナブルな店も増えた。街はまるで水位が上昇していくみたいに、周辺の丘の斜面をじりじりと這い上がって拡張を続け、以前は何もない野原だったところに、今ではたくさんの新しい建物が建ち並んでいた。店の大半はそろそろ休業状態に入りつつあったが、それでも街を少し歩けば、「ああ、あれからあと、ここはずいぶんしっかり発展したんだな」と一目でわかる。

といっても島の成り立ちは、今も昔も変わりない。観光——それ以外にはこれといって資源も産業もない。春から夏にかけての観光シーズンに人々は忙しく働き、秋が来たら店仕舞いし、ほっと身体を休める。あるいは現金収入を手に、故郷の家族のもとに帰って行く。彼らが再び仕事に取りかかるのは来年の復活祭の休日あたりからだ。毎年がその同じ繰り返し。半年ハードに働き、あとの半年はのんびり暮らす。あるいは何かほかの活動をする。

『ノルウェイの森』を書き始めた「レジデンス・ミコノス」

だから秋から冬にかけてここを訪れる人々が目にするのは、いわば舞台裏のようなしいんとしたミコノスだ。風は強く、冷たく、空はおおむね雲に覆われている。海は苛立たしげに細かい白波を立てている。もちろん泳ぐことなんてできない。建物の扉は閉ざされ、軒先の愉しげな看板だけが、ハイシーズン時の賑わいぶりを無言のうちに示唆している。でもそれはそれでなかなか悪くないものだ。少なくともあなたは静けさを手にすることができる。

僕らがかつて滞在した「レジデンス・ミコノス」は、今ではもう長期滞在観光客向けのレンタルはやっていなくて、普通の集合住宅になっている。そのすぐ近くに立派な高級リゾート・ホテルができていて、今回はそこに宿泊した。至れり尽くせりのモダンなホテルだ。プールがあり、部屋の中にはジャクジまでついている。朝食のビュッフェも充実している。ずいぶんお金がかかっている。かつてのミコノスには、こんなリッチでファッショナブルな宿泊施設はなかった。

「レジデンス・ミコノス」の当時の管理人で、僕が仲良くしていたヴァンゲリスはもういなくなっていた。まあその当時から「もうトシだからね、一刻も早く隠居して年金暮らしをしたいよ」と言っていた人だから、いなくなっていることは予期していた。そのあとを引き継いでいるおばあさんに「ヴァンゲリスはどうしてますか？」とつたないギリシャ語で尋ねると、「ヴァンゲリスは五年前に亡くなったよ」ということだった。ひょっとしたら再会できるんじゃないかと楽しみにしていたのだが、残念だ。冥福を祈ろう。僕がウゾー（ギリシャのきつい地酒）を飲んでいるのを見ると、ヴァンゲリスは眉をひそめ、「おい。ハルキ、そんなの飲んじゃダメだ。頭がいかれちまうぞ。おれでさえ飲まないんだから」と意見してくれた。スコッチ・ウィスキーならオーケー、ということだった。そんなに変わりないような気もするんだけど。

敷地の中を少し見てまわってもかまわないでしょうか？　昔しばらくここに住んでいたもので。僕が管理人のおばあさんにそう訊くと、「いいよ、どうぞ好きなだけごらんなさい」という返事が返ってきた。

当時僕らが暮らしていたユニットは、外から見る限りそのままだった。何ひとつ変わってはいない。19番のユニット。白い漆喰の壁と、青く塗られた階段の手摺。そこで僕は『ノルウェイの森』の最初の数章を書いた。とても寒かったことを記憶している。12月、クリスマスの少し前のことだった。部屋には小さな電気ストーブひとつしかなかったから、分厚いセーターを着て、震えながら原稿を書いた。当時はまだワープロを使っていなかった。大学ノートにボールペンでこりこりと字を書いていた。窓の外には石ころだらけのうらぶれた野原があり、そこで羊の小さな群れが黙々と草を食べていた。僕の目にはあまりおいしそうな草には見えなかったが、羊たちはそれでいちおう満足しているようだった。

書くのに疲れると手を休め、顔を上げ、そんな羊たちの姿をぼんやり眺めた。ガラス窓の向こうに見えるその風景を、今でもよく覚えている。壁に沿って大きなキョウチクトウが生えていた。オリーブの木もあった。窓から眺めた野原は当時のままうらぶれて残っていたが、なぜか羊たちの姿はなかった。

当時は朝から昼間にかけて小説を書き、夕方になると散歩がてら街に出て、バーでワインかビールを軽く飲むことにしていた。詰めて仕事をしたあとでは、何かそういう気分転換が必要だった。だからいろんなバーに行った。「ミコノス・バー」「ソマス・バー」、あといくつか名前の思い出せないバー。そういうバーにはミコノスに住み着いた外人（非ギリシャ人）たちがたむろして、小さな声で会話を交わしていた。そんな季節にミコノスにいる日本人は僕らくらいで、けっこう珍しがられた。「ミコノス・バー」で働いていた女性はとてもチャーミングな皺《しわ》を寄せて笑う人で、僕はこの人を――というかその皺の具合を――イメージして『ノルウェイの森』のレイコさんという人物を描いた。

「ミコノス・バー」はひっそりしたたたずまいの、なんということもない小さなバーだったんだけど、今では「有名なミコノス・バー」「島でいちばん古いバー」という看板が堂々と掲げられていた。いつの間にか伝説のバーになっていたらしい。伝説になりそうな、特筆すべき要素がそこにあったとも思えないのだが、あるいは四半世紀という歳

島のあちこちに人なつっこい猫の姿が

月がそのバーに、何かしら特別な資格を与えたのかもしれない。自分の目でそのへんを確かめてみたかったのだけど、開店時間が前より遅くなっていたので、今回は残念ながら訪れることができなかった。

昔よく食べにいった「フィリペ」というレストラン（ここは冬の間も開いている）もたまたま一週間の休業に入っていたので、再訪はかなわなかった。栄養をつけたいときにはここにステーキを食べにいった。白いテーブルクロスのかかった、当時のミコノスにしてはまず高級なレストランで、味も悪くなかった。食事をしている間によく停電したことを記憶している。当時のミコノスは電力事情があまり良くなくて、しょっちゅう停電したものだ。夕食をとっていると、何の予告もなくばたんと明かりが消えてしまう。今は改善されたのだろうか？

ミコノスでは今回、日本の人にはほとんど遭わなかった。島で見かけた東洋系の人々の多くは中国からの観光客だった。そしてときどき韓国人。昔はここで中国人を見かけることなんてまずなかったんだけど、時代は変わったんだなと痛感する。くどいようだけど、二十四年も経てばいろんなことが大きく様変わりしてしまう。当時の日本はバブル経済のまっただ中にあった。それも僕が日本を出てきた理由のひとつだった。国家的規模での躁状態みたいなものに、僕としてはいささかうんざりしてしまったのだ。それこそ昼も夜も、耳元で蜂が休みなくぶんぶん飛び回っているような感じだった。でも今となっては、そんなことさえいくぶん懐かしく思い出される。もう一度そのような状態に戻りたいかと訊かれれば、答えはもちろんノーだけど。

しかし時代が推移しても、港の風景は昔と変わらない。浜辺を散歩し、カフェに入ってコーヒーを飲む。そして何をするともなく港を眺める。そこにいるペリカンとカモメ、猫たち、犬たち。彼らは喧嘩をするでもなく平和に共存している。買い物袋を手に行き来するゾルバ系ギリシャ人たちは、今でもやはり大きく突き出した太鼓腹を抱えている。メタボ問題はここでは、どうやらまだ取りざたされていないようだ。唇を不機嫌そうに結び、頭にスカーフを巻き、両手に買い物袋を下げて、よたよたと道を歩いていく黒衣の未亡人たち。二階の窓から身を乗り出し、通りにいる人に向かって大声で何ごとかをどなっている、きつい顔立ちの中年の女。どんな魚を釣っているのかはわからないが、釣り竿を我慢強くいつまでも海に向けている老人。彼の目は海を飽きることなく見つめることに慣れている。歳月をかければ、人はそういう海色に染まった孤独な眼球を獲得することができる。そのような港の風景は、昔から何ひとつ変わってはいない……いや、でも何かが違うな。僕はそう思って首をひねる。昔とは何かが大きく違っている。いったい何が違っているのだろう？

そうだ、コーヒーが見違えるくらいおいしくなっている。昔のギリシャのカフェでは、どろどろしたギリシャ式のコーヒーか、粉っぽいインスタント・コーヒー（文字通り

「ネスカフェ」と呼ばれていた）みたいなものしか出てこなかった。どちらもかなりひどい味だった。しかし今ではおいしい——というか、少なくとも本物のコーヒーが飲める。これはもちろん良き変化だ。かつてはまともなコーヒーを飲むために、僕らはずいぶん苦労をしなくてはならなかった。たぶんギリシャ人の生活が全体的に豊かになったということなのだろう。

2　スペッツェス島

ミコノスからやはりジェット機でアテネに飛び、ピレエフス港から高速船でスペッツェス島に渡る。スペッツェス島には空港はないので、船を利用するしかない。船の所要時間はだいたい三時間。船には「フライング・ドルフィン」という小型水中翼船と「フライング・キャット」という大型カタマラン（双胴船）があり、「ドルフィン」の方が所要時間は短いけれど、船酔いが心配な人には「フライング・キャット」をお勧めします。波が高くなることが多く、そういうときの水中翼船はほとんど拷問に近いものになる。僕は「ドルフィン」では何度かひどい目にあっている。

スペッツェスはペロポネソス半島にほとんどくっつくようにしてある小さな島だ。本土までは、がんばれば泳いで渡れるくらいの距離しかない。小さな水上タクシーで簡単に対岸と行き来することができる。日本人ならひとつ橋を架けちゃおうということになりそうだが、ギリシャ人はそんなことはまず考えない。島はいつまでも島のままにしておく。便利か便利でないかはさておき、それがたぶん自然なことなのだ。

スペッツェスはギリシャの島にしては珍しく緑に恵まれている。遠くから見るとわかるけれど、ほとんどすべての丘は樹木に覆われている。多くは松林だ。そのせいかギリシャ人が好んでここを訪れ、休暇を過ごす。木々の深い緑に囲まれると、アテネのような大都市からやってきた人々はきっとほっと一息つけるのだろう。白亜の街ミコノスからやってきた僕らも、それなりにほっと一息つけた。あたりにオゾンが豊かに満ちているような気がする。ちなみにギリシャ人にとっての贅沢な住宅とは、高級大理石をふんだんに使ったものではなく、自然の木材を多く用いたものだ。大理石なんてギリシャにはそれこそ掃いて捨てるほどあるのだから。

そのようなわけでこの島には、アテネに住むギリシャ人が所有する別荘《サマーハウス》も数多くある。外国からの旅行者・観光客ももちろん数多く訪れるが、いったん夏が終われば、ほぼ完全にギリシャ人の島に戻ってしまう。昔に比べると店の数も驚くほど増えたが、そういうところは前と変わりない。今回僕らが食事に入ったレストランも、テーブルに就いている客のほとんどは、ギリシャ人の家族連れか、あるいはカップルだった。法事の帰りみたいな一族郎党の集まりもあった。手を叩いて歌を歌い出すグループもいる。そこかしこに親密な雰囲気が漂っている。日本の田舎の風景とそれほど変わりはない。

猫も昔と同じように島中にあふれかえっていた。しかし昔に比べると、猫がみんな小綺麗になっているように思えた。かつては傷だらけの、耳が半分ちぎれたような汚い野良猫があちこちうろうろしていたんだけど、今はそういう猫はほとんど見かけない。驚くほど毛並みの良い、美しい猫たちが通りをすらりすらりと歩いていた。猫たちの生活環境はずいぶん良くなったみたいだ。

ギリシャの人たちには自分の家の猫と、野良猫との間の区別というのがあまりないみたいで、よく通りで無差別に猫に餌を与えている光景を見かける。住民たちが共同でそのへんの猫の面倒を見ているような印象がある。日本だと「野良猫に餌を与えないで下さい」みたいな看板がよく出ているけど、ギリシャではみんながこぞって餌をやっている。住民と猫たちがごく自然に「共生している」みたいに見える。とすれば、猫たちの生活環境が向上したということは、人間の生活環境もそれだけ向上したことを意味しているのだろうか？　いずれにせよ、道を歩くと人なつっこいかわいい猫たちが足もとに寄ってきて、ひとしきり遊んでくれる。僕のような猫好きにとっては実に楽園のような場所だ。

日が暮れ、我々は「パトラリスの店」に行ってギリシャ特産レッツィーナ・ワインを飲み、マリーザ（小魚のから揚げ）を食べ、新鮮な魚の料理を食べる。

「パトラリスの店」は僕が昔この島に住んでいたときによく通った小さな地元の料理店だ。いわゆる「プサリタベルナ（魚介料理店）」。海に面している。うちから歩いて五分ほどのところにあった。中心地から少し離れているので、観光客はほとんど訪れず、地元のおっさんたちがいつもたむろして、安酒を飲んだくれているようなローカルな店だった。店名のとおりパトラリス兄弟が経営していたが、どちらも英語がまったくしゃべれず、メニューも全部ギリシャ語で書いてあった。とても無愛想で、料理もシンプルというか、率直というか、かなり素っ気ないもので、でもそのかわり値段は安かった。その店に行って、客として歓迎されているという印象を受けたことは、ほぼ一度もなかった。迷惑がられているというのでもなさそうなのだが、「よく来てくれた」という顔をされたことは一度もない。そのかわりこちらもチップを置いたことも一度もなかった。そういうタイプの店だ。それがおそらくはパトラリス兄弟のキャラクターのようなものだったのだろう。

　でもその「パトラリスの店」は今では「新パトラリス兄弟」によって経営されていた。どうやら旧パトラリス兄弟の、どちらかの息子たちらしい。血縁関係までは詳しく尋ねなかったけれど、キッチンの中で働いている人たちも、どうやらこの一族の関係者であるようだ。みんなで和気藹々《わきあいあい》と働いている。おそらく旧パトラリス兄弟は引退したのだろう（僕としてはとくにそのことを悲しみはしない）。店は拡張され、清潔になり、メニューも一新され、品数もぐんと増えていた。真新しい食器には店のロゴが入り、メニューにはウェブサイトのアドレスまで印刷されている。若い新パトラリス兄弟は愛想が良く、にこやかで友好的、かつ意欲的で、英語もちゃんとしゃべれる。少なくとも――というか――清潔なシャツを着ている。

僕はすっかり明るくなった店内を見回して、「これが本当にあの、あのパトラリスの店なのか？」とかなり呆然としてしまったのだが、結局のところ僕らは、その新生「パトラリスの店」がしっかり気に入ってしまった。昔と同じマリーザもちゃんとメニューにあって、やはり同じようにおいしかった。一品一品の量がたっぷりあることも変わりない。値段はリーズナブルで（というかかなり安くて）、それでいて材料は新鮮だ。魚を注文するとキッチンにお客を連れて行って、実物の魚を見せて選ばせてくれ、それを目の前で調理する。この店で、静かな波の音を聴きながら、レモンとオリーブオイルをかけた新鮮な魚料理を食べていると、ずいぶん幸福な気持ちになれる。僕らは二日続けてこの店で夕食を食べた。とても満足した。ただし出てきたレッツィーナ・ワインは、昔の方がつんとした独特のクセがあったように思う。僕はあの田舎くさいクセがけっこう好きだったのだが。

その隣には「アナルギロスの雑貨屋」がある。この地域では唯一の雑貨食品店だ。僕らはここでいろんな日常品の買い物をした。ミネラル・ウォーターからティッシュペーパーまで。店主のアナルギロスは物静かな中年男で、英語はほとんどしゃべれなかったから、僕とは簡単なギリシャ語でゆっくり会話をした。この人と話をしながら僕は、日々少しずつ知っている単語の数を増やしていった。なかなか親切な人だった。ミネラル・ウォーターの中に緑色の苔が浮かんでいたときには、「そうか。悪かったな」と暗い顔をして、新しいものにとりかえてくれた。密封されたミネラル・ウォーターに苔がはえるのにはずいぶん長い時間がかかると思うんだけど。

そのアナルギロスさんの姿はなく、たぶん彼の奥さんと思える人が店番をしていた（もちろん昔よりはずっとおばあさん化していた）。僕は彼女からミネラル・ウォーターを一本買った。当然のことながら、苔ははえていなかった。アナルギロスさんがどうなったのかはわからない。

さて、パトラリスとアナルギロスの店から五分くらいの距離に、僕が住んでいた家があるはずなんだけど、それがどれだけ歩き回っても見つからない。この島に来るまでは、一ヶ月も暮らしていたんだから、すぐに見つかるだろうと多寡《たか》をくくっていたのだが、人間の記憶というのはあてにならないものだ。またもちろん、付近の家並みが変わっていたということもあるのだろう。「この道筋だったよな」と思って歩き回っても、それらしい家屋が見当たらない。なだらかな坂道で、のぼっていくと山になっていて、曲がり角の家に大きなブーゲンビリアの木があって、美しい花を咲かせていて、二階建てで、暖炉の煙突がついていて……と記憶をさぐるのだが、どれだけ探しても「これ」という家が見つからない。

しょうがないからまた「アナルギロスの雑貨屋」に行って、「この辺にダムディロプロスさんの家ってありますか？」と尋ねてみた。最初にここに来たときにも、ここで同じことを尋ねたような気がする。店には若い人が何人かたむろしていて、一人が英語を話すことができて（若い人たちはだいたい英語が話せる）、アナルギロス夫人のかわりに僕の相手をしてくれた。

「ダムディロプロスってさ、ギリシャではよくある名前なんだよ」と彼は言う。「だって俺だって、名字はダムディロプロスだもの」（みんなは笑う）。

「アテネの人で、このあたりに昔からサマーハウスを持っているダムディロプロスさんなんだけど」

「ああ、それならひとつしかないよ。この近くだろう？」

「歩いて五分くらいのところ」

「じゃあついてきなよ。案内してあげるから」

というわけで、彼がダムディロプロスさんの家まで案内してくれた。なかなか親切な愛想の良い若者だった。

「これだよ」と彼は言った。白い塀に囲まれた小振りな二階建ての家だ。まわりの風景も覚えているのとは違うし、「こんなだっけなあ？」と戸惑ったのだが、そのへんでダムディロプロスの家といえばそれしかない。そう思って見ていると、たしかにこんな家だったかもしれない。人間の記憶というのは本当にあてにならないものだ。ドアをノックして尋ねようにも、窓の鎧戸《よろいど》は堅く閉ざされている。サマーハウスだから、10月になればもう人は住んでいない。

「何年か前に改築したから、昔とは印象が違ってるかもしれないね」とその青年が教えてくれた。僕が礼を言うと、ダムディロプロス青年はにこにこと手を振って「アナルギロスの雑貨屋」に戻っていった。島の人たちは（おおむねみんな）親切で友好的だ。そのへんは昔と変わりない。二十四年が経過しても、通貨が変わっても、あたりの風景が変化しても、冷戦が終わっても、経済が上がり下がりしても、人々の心根にはそれほど変化はなかったみたいだ。それが僕をほっとさせる。なんといっても人の心は、その土地にとっていちばん大切なものなのだから。

「これがたぶん僕らが暮らした家だったんだろう」ということで、僕はその門の前に立ち、カメラのオカムラさんが写真を撮ってくれた。再訪の記念写真。この家だったかどうか、百パーセントの確信は持てないのだが、でもまあこんな感じの家だったし、それで十分じゃないか。何も綿密な学術調査をしているわけじゃないんだから。

しばらくのあいだ、昔のことをあれこれ思い出しながら、その周辺をあてもなくぶらぶらと歩き回ってみた。近所にはやはり猫がたくさんいた。かわいい子猫が、道を歩いてくるおばあさんの足に頭をすりつけようとして、「うるさい」という感じで軽く蹴飛ばされていた。おばあさんだってそれなりに忙しいのだ。だからかわりに僕が行ってしばらく撫でてやった。とても人なつこいきれいな子猫だった。そのまま日本まで連れて帰りたくなったくらい。ブーゲンビリアの美しく繁った角っこの家はとうとう見つからなかった。

あくる日の午前中、町の南側にあるオールドポートまで散歩をした。港まではゆっくり歩いて十五分ほどの距離だ。僕の覚えているオールドポートはまことにのんびりとした、どこかで時間に置き去りにされてしまったような閑散とした港だった。入り江の沖合には、座礁した古い貨物船がその錆びた船体を、柔らかな日差しに晒《さら》していたことを覚えている。誰もその無用な貨物船をどこかに移動しようとは考えていないみたいだった。それはオブジェのごとくそこに穏やかに、意味深く鎮座していた。人影もまばらで、倦怠と静謐《せいひつ》にやわらかく包まれた、美しい古い入り江だった。大きな古い修道院があり、その白い鐘楼と壁が目にまぶしかった。岬の先端には松林に囲まれた無人の灯台があった。灯台は柵に囲まれ、元気な雄山羊が一匹、その中で番をしていた。彼は執拗そうな目であたりをきっと睨んでいた。そういう物静かな光景が僕の頭の中に焼き付いていた。

スペッツェス島でかつて１ヶ月暮らした家

でも今回改めて訪れてみると、思ったよりたくさんの船やヨットが港に係留され、そのまわりにはレストランやカフェがいくつも並んでいた。人々が行き来し、周辺はそれなりの賑わいを見せていた。それで僕はすっかり驚いてしまった。僕の単なる記憶違いなのか、季節のちょっとしたずれなのか、それともそれだけ島が発展を遂げたということなのか、その理由はよくわからない。とはいえ、オールドポートはそれでもまだ十分のんびりした港だし、昼前の散歩に適したところだ。カフェに座ってコーヒーを飲み、何を考えるともなく、ヨットの帆柱が風に吹かれて立てるかたかたという音を聴きながら、カモメを眺め、行き過ぎる人々の姿を眺めていると、時間はいつの間にかするすると過ぎ去っていく。

岬の先端の丘に登ってみた。灯台のまわりの風景は記憶の通りだ。白い灯台を囲む、緑の松林。そのあいだを抜ける未舗装道。でも灯台の柵の中に山羊はいない。海からの風が吹いて下草が揺れ、松の枝が頭上でさわさわというソフトな音を立てる。目を凝らすと、沖合を様々なかたちの船が横切っていくのが見える。漁船やヨットやフェリー。そこには遠くに暮らす人々の営みがある。空はうっすらと切れ目なく灰色に曇り、海面にはたくさんの白い波が立っている。レイモンド・チャンドラーはどこかで「灯台のように孤独だ」という文章を書いていたが、この灯台はそれほど孤独には見えない。でも見るからに物静かだ。灯台のように寡黙。

昔ながらの木造漁船を造る小さな造船所から、とんとん、とんという木槌《きづち》の響きが聞こえてくる。どことなく懐かしい音だ。規則正しい音がふと止み、それから少ししてまた聞こえる。そういうところはちっとも変わっていない。その木槌の音に耳を澄ませていると、二十四年前に心が戻っていく。当時の僕は『世界の終りとハードボイルド・ワンダーランド』という小説を書き上げ、次の作品『ノルウェイの森』の執筆に取りかかることを考えている三十代半ばの作家だった。「若手作家」という部類にいちおう属していた。実を言えば、自分では今でもまだ「若手作家」みたいな気がしているんだけど、もちろんそんなことはない。時間は経過し、当然のことながら僕はそのぶん年齢をかさねた。なんといっても避けがたい経過だ。でも灯台の草の上に座って、まわりの世界の音に耳を澄ませていると、あの当時から僕自身の気持ちはそれほど変化していないみたいにも感じられる。あるいはうまく成長できなかった、というだけのことなのかもしれないけど。

スペッツェス島を再訪して僕がただひとつがっかりしたのは、車の数が思いのほか増えたことだった。僕らが住んでいたころは、緊急車両を別にすれば、島には車はほとんど走っていなかった。タクシーさえなく、荷物を運ぶときには馬車を利用しなくてはならなかった。連絡船の着く港（ニューポート）にはいつも何台かの、屋根のない馬車が待機していた。今でもまだ馬車は何台かいるけれど、それらは主に観光客が利用しているようだ。現地の人々はより現実的にタクシーを利用している。ドイツと同じメルセデスEクラスのタクシー。バイクの数もずいぶん増えた。そのエンジンの音がなにしろけたたましい。これは島の観光にとっては間違いなく、かなりのマイナス要因になるはずだ。それほど大きな島じゃないんだから、バイク所有を禁止して、みんな自転車を利用すればいいのにと思う。自転車なら静かだし、健康にも良い。でも老若男女、みんなバイクが大好きなようだ。それがけたたましい音を立てて行き来するので、やかましくて仕方ない。旅情も何もあったものではない。バイクと車さえなきゃ、本当に素敵な島なんだけどな。

もし僕がオナシスさんみたいな大富豪だったら、EVバイクをたくさん買い込んで、それを島民に配るんだけどな、と思う。「バイクはやめて、これに乗りなさい」と。それなら騒音もないし、ガソリンの匂いもしない。空気も汚れない。長い距離を走るわけでもないから、充電にまつわる不便もないだろう。でもそんなこともできないので（当然ながら）、人々は金だらいを叩きまわるような派手な排気音を立てて、ホンダやカワサキのバイクを走らせる。アテネで会った人たちは、「スペッツェスにはまだ車が走ってないから、ひっそりしていていいよ」と言っていたのだが、その情報には間違いがあったようだ。車がまだ走っていないのは、隣にあるイドラ島だ。

でもスペッツェスの海は変わりなく美しかった。ありがたいことに、そういうところは変わっていない。水はどこまでも透明で、底までしっかり見通せる。ここでしかお目にかかれないような、どことなく心安らかな海だ。エーゲ海の深い青とはまた少し違う海の色だ。ギリシャの島をいくつか訪れればわかることだが、島によって少しずつ海の色が違って見える。

スペッツェス島にとってありがたいニュースのひとつは、高級ホテル「ポシドニオン・ホテル」が復活したことだ。港のすぐ近くにある古い豪壮なホテルで、その昔は一世を風靡した。ヨーロッパ中から貴族や有名人が島を訪れ、このホテルに投宿した。しかしいろいろあって島がさびれてしまったせいで、営業が成り立たなくなり、長いあいだ休業を続けてきた。僕らがここに暮らしていたころには、うらぶれてほとんど廃墟のようになっていた。その姿はまるで老いて痛風を患った、かつては美しかった貴婦人のように見えたものだ。しかしそれが大幅なリノベーションを受け、昨年から豪華ホテルとして営業を再開したのだ。高級なフレンチ・レストランや、お洒落なスパもついている。どうやら大規模な投資がおこなわれたようだ。今回は残念ながら宿泊することができなかったが、ロビーを見物させてもらった限りでは、ずいぶん素敵なホテルだった。でも10月もそろそろ半ばを迎えているから、玄関やロビーには人影も少なく、ひっそりしている。フロントの女性に聞くと「今週末を最後にお休みに入り、再開するのは来年の4月になります」ということだ。おそらくハイシーズンには優雅な賑わいを見せているのだろう。そんな華やかな時期に、一度この島を訪れてみたいものだ。考えてみれば僕はオフシーズンにばかりこの島を訪れている。まるで化粧を落とした時間を選んで、女性に会いに行くみたいに……。

僕が泊まった「アルマータ」というこぢんまりしたブティック・ホテル（そんなカテゴリーのホテルはかつてはなかった）も、我々が今シーズン最後の宿泊客ということで、従業員たちはそろそろ仕舞い支度にかかっていた。ほかにお客はもう誰もいない。プールの水が抜かれ、デッキチェアが仕舞い込まれ、パラソルが畳まれる。食器が片付けられる。フロントにいた愛想のいい青年（どうやら家族で経営しているらしい）は「あんたたちが最後のお客だから」と言って、僕らに上等そうな赤ワインのボトルをプレゼントしてくれた。コリントスの近郊で作られているワイン。ありがたくいただいた（あとで飲んでみたらとてもおいしかった）。来週になればもう、この島のレストランやホテルの大半は、鎧戸を閉ざしていることだろう。夏のあいだこの島に働きに来ていた多くの人々は本土に引き上げ、そして島は更にしんとしてしまうことになる。とはいっても、残念ながらバイクの排気音だけは消えてなくなりそうもないが。

島をあとにするのは、それがどのような島であっても、なぜかいつも心残りなものだ。

それがスペッツェスのような、懐かしく温かい記憶に満ちた島であれば、なおさらだ。波に揺れる不安定なタラップを渡って船に乗り込み、ビニールシートの座席に座り、やがてエンジンの音が響き渡るのを耳にする。船がゆっくりと向きを変え、船首を外洋に向け、そろそろと波止場を出ていく。波止場に立った見送りの人々の姿が遠ざかっていく。一匹の黒い犬が埠頭の先端に立って、赤い舌を出しながら、立ち去っていく船の姿をじっと見守っている。それがその犬の習慣なのかもしれない。船が出ていくのを見送らずにはいられない犬なのかもしれない。どことなくそういう習慣的な雰囲気があった。でもその犬もやがて見えなくなる。手を振る人々の姿も見えなくなる。

町がだんだん小さくなり、山並みがただのうっすらした遠い輪郭へと変わっていく。やがて島そのものが、水面に浮かぶ不定形の靄《もや》の中に静かに呑み込まれていく。いくら目を凝らしても、あとにはもう水平線しか見えない。そんな島がそこに実体として存在したことさえ、定かではなくなってしまう。そこで暮らし続ける人々の姿も、そこにあった緑の松林や古い造船所も、愛想の良い海辺の魚介料理店や、改装なった豪華ホテルも、舌を出して船を見送る港の犬も、今ではみんな現実のものとも思えなくなってくる。

次にこの島を訪れるのはいつのことだろう？　いや、もう二度とそこを訪れることなんてないかもしれない。当たり前のことだが、どこかに行くついでにふらりと立ち寄るというようなことは、島についてはまず起こりえない。僕らは心を決めてその島を訪れるか、それともまったくその島を訪れないか。どちらかしかない。そこには中間というものはない。

三時間後に船はピレエフス港に到着する。僕は荷物を肩にかけて、固い大地を踏みしめ、そして日常の延長線上に戻っていく。僕が属する本来の時間性の中に戻っていく。いずれは戻らなくてはならない、その場所に。

〈追記〉

僕がこの時ギリシャを訪れた少しあとで、いわゆる「ギリシャ危機」が深刻化しました。僕が見た限りではそんな気配はなかったんだけど。いずれにせよ、ギリシャの人々が幸福に気持ち良く暮らせる日々が再び巡ってくることをお祈りします。

もしタイムマシーンがあったなら

ニューヨークのジャズ・クラブ

もしタイムマシーンがあって、それを一度だけ好きに使っていいと言われたら、あなたはどんなことをしたいですか？　きっといろんな希望があるんだろうな。でも、僕の答えはずいぶん前からはっきり決まっている。１９５４年のニューヨークに飛んで（基本的な愚かしい質問。タイムマシーンって飛ぶのだろうか？）、そこのジャズ・クラブでクリフォード・ブラウン＝マックス・ローチ五重奏団のライブを心ゆくまで聴いてみたい。それがとりあえず僕の望むことだ。

本当にそんなものでいいのか？　ピラミッドの建築現場とか、マラトンの会戦とか、大化の改新とか、ヒトラーの率いるミュンヘン一揆とか、そういう歴史的な出来事を自分の目で目撃したいとは思わないのか、と言う人もいるかもしれない。たしかにそういうものにも心をそそられはするが、僕はもともとあまり欲のない性格なので、あえてそこまで大がかりな望みは持たない。クリフォード・ブラウン＝マックス・ローチ五重奏団のライブ鑑賞でじゅうぶんだ。そのクインテットの質は極めて高く、クリフォード・

ブラウンが交通事故死したために、ユニットとして活動していた時期は信じられないほど短い。だからわざわざ時空を超えて聴きに行くだけの価値はあると思う。「ああ、いいものを見せてもらった」とほくほくと満ち足りた気持ちで、現代に戻ってこられるのではないかと思う。

チャーリー・パーカーやビリー・ホリデーのライブももちろん聴きたいけれど、この人たちはかなりディープに麻薬をやっていたせいで、演奏の質にそうとうばらつきがあったし、遅刻・すっぽかしの常習犯でもあったから、「行ってみたけど、最後までステージに姿を見せなかったよ。ビールだけ飲んで帰ってきた」なんてことになりかねない。何しろ一度きりしかマシーンは使えないんだから、もしそんなことになったらまったく目も当てられない。というわけで、ここはひとつ真面目でクリーン、一期一会・全力投球をモットーとしたクリフォード・ブラウンのステージを僕としては選びたい。もしタイムマシーンをお持ちの方がおられたら、村上まで是非ご一報下さい。

もちろん僕みたいに、クリフォード・ブラウンにさえこだわらなければ、ニューヨークのジャズ・クラブに行くこと自体はそれほどむずかしくない。ごく当たり前に飛行機のチケットを買って、当たり前にそれに乗って、当たり前にJFK空港で降りればいいだけのことだ。タイムマシーンがないのなら、過去の栄光にとらわれることなく、今ここにある素晴らしいものをあるがままに楽しもうじゃないか、というのが世界中だいたいどこでも、健常な市民の健全な考え方である。

ただしこの場合、いちばんの大敵はなんといっても時差ぼけで、日本から東海岸に飛行機で行くと、ちょうどライブが佳境に入る夜の十時くらいが、いちばん眠い「魔の時刻」になる。僕も恥ずかしながら、演奏中にすやすやと眠り込んでしまった経験が何度かある。80年代の初めに、大好きな歌手マーク・マーフィーのライブを聴きに行ったのだが、ビールを一杯飲んだら気持ちよく熟睡してしまい、どんな演奏だったのかほとんど思い出せない。今思っても残念だ。とても小さな感じの良い地下のジャズ・クラブだったのだけど。

「ブルーノート」でディジー・ガレスピーのバンドを聴いたときは（ディジーは残念ながらそのライブの少しあとに亡くなってしまった）、僕はアメリカ在住の身だったので、しっかり目覚めていたけど、まわりの日本人客の大半はぐうぐう寝ていた。冗談の好きなディジーはテーブルを行き来し、日本人の耳元でラッパを大きな音で吹いて起こしてまわっていた。「日本人はわざわざニューヨークのジャズ・クラブまで眠りにやって来るんだよ」と彼はジョークを言って楽しそうに笑っていた。僕も恐縮しながら笑ってしまったけど。しかしあの時差ぼけの眠さって、経験したことのない人にはわからないですね。ところでタイムマシーンには、時差ぼけってあるのだろうか？　乗り物酔いもあるのだろうか？　考えれば考えるほどわからなくなってくる。

今回のニューヨークのジャズ・クラブ探訪の目的のひとつは「ヴィレッジ・ヴァンガード」に行って、オーナーのロレイン・ゴードンさんに会うことだった。ロレインさんはジャズの世界ではかなり伝説的な人である。娘時代からの熱狂的なジャズ・ファンで、まずブルーノート・レコードの創始者であるアルフレッド・ライオン氏と1942年に結婚して、まだまだ設立間もないそのレコード会社の発展に寄与し、彼とわけあって離婚してからは（わけなく離婚する人は世の中にあまりいないみたいだけど）、ジャズ・クラブ「ヴィレッジ・ヴァンガード」のオーナーであるマックス・ゴードン氏と再婚した。そしてゴードン氏が亡くなってからは、女手ひとつでその伝統あるジャズ・クラブを切り盛りしている。

彼女はその波瀾万丈の半生を語った『アライブ・アット・ザ・ヴィレッジ・ヴァンガード』という著書を数年前に出版した。この本をさっそく読んでみたのだけれど、とても面白くて、ロレインさんに是非会ってみたくなった。なにしろブルーノート・レコードと「ヴィレッジ・ヴァンガード」という、ジャズの歴史上の偉大なふたつのアイコンに、中心人物として深く関わった人である。話が面白くないわけがない。おまけに好き嫌いが激しく、歯に衣を着せずに言いたいことをはっきりと言う人なので、読んでいて気持ちがいい。もちろんついでに（というか）「ヴィレッジ・ヴァンガード」を初めとするニューヨークのいくつかのジャズ・クラブで、数日間心ゆくまでジャズに浸ってみたいということもある。

「ヴィレッジ・ヴァンガード」は文字通りグリニッジ・ヴィレッジにある老舗《しにせ》ジャズ・クラブである。マックス・ゴードンが１９３５年に最初のライブを始めて以来、なんと延々七十五年間にわたって同じビルの同じ地下室で営業を続けている。最初のうちはフォークソングやコメディーなんかもやっていたが、50年代の半ば以降はジャズ専門のクラブになった。歩道に張り出したテントと、ネオンサインのロゴがこの店のシンボルになっている。

ニューヨークには数多くのジャズ・クラブがあるが、こんなに長いあいだ引っ越しもせずにひとつの場所でやっている店はほかにない。もう店そのものが「世界遺産」みたいなもので、そこに入って椅子に座っているだけで、歴史の中に静かに呑《の》み込まれていくような粛々《しゅくしゅく》とした気分になってしまう。

「でもね、トラブル続きでそりゃひどいものよ」とロレインさんは言う。「なにしろ百年近く前に建てられたビルだから、雨は漏るし、配管は壊れるし、消防署は文句をつけるし、次に何が起こるかわかったものじゃないのよ」。僕が店を訪れた日はちょうどひどい雨降りだったので、彼女は話をしながら、雨漏りについて頭を悩まさなくてはならなかった。

たしかに建物は古い。むしろおんぼろに近いと言ってもいいかもしれない。家具調度も決して豪華ではないし、メニューは限られた飲み物だけで、食事もまったく出さない。しかしこの店でライブを聴いた人は、きっとその音響の素晴らしさに驚かされることだろう。天井や壁はけっこうでこぼこしているし、フロアは不規則に折れ曲がった奇妙な形をしている。まるで意地悪く作られたゴルフコースみたいに見えなくもない。最初見るとこんなへんてこな形でちゃんと音楽が聴けるのかな、と心配になるんだけど、実際に出てくる音を耳にすると「うん、そうだよな、これがジャズの音だ」と一発で納得させられる。まるで店の隅々にまで本物のジャズの音がしみ込んでいて、それが演奏される楽器の音にみずみずしく共鳴しているみたいにも聞こえる。

だからこそこれまでにこの店で、ソニー・ロリンズやらビル・エヴァンズやら、ジョン・コルトレーンやらキャノンボール・アダレイやらの、数々の素晴らしいライブ録音がとられてきたのだ。繰り返すようだけど、ニューヨークにはたくさんのジャズ・クラブがある。でも長い歳月にわたってこれほど数多くの音楽を吸い込んできて、壁や天井が今でもそれを鮮やかに記憶し続けている店は「ヴィレッジ・ヴァンガード」のほかにはひとつもない。

どんなミュージシャンを出演させるかは、今でもロレインさんが決定する。ほとんど家族経営みたいな状態で、娘さんや娘さんのご主人が店を手伝っている。出演者のギャ

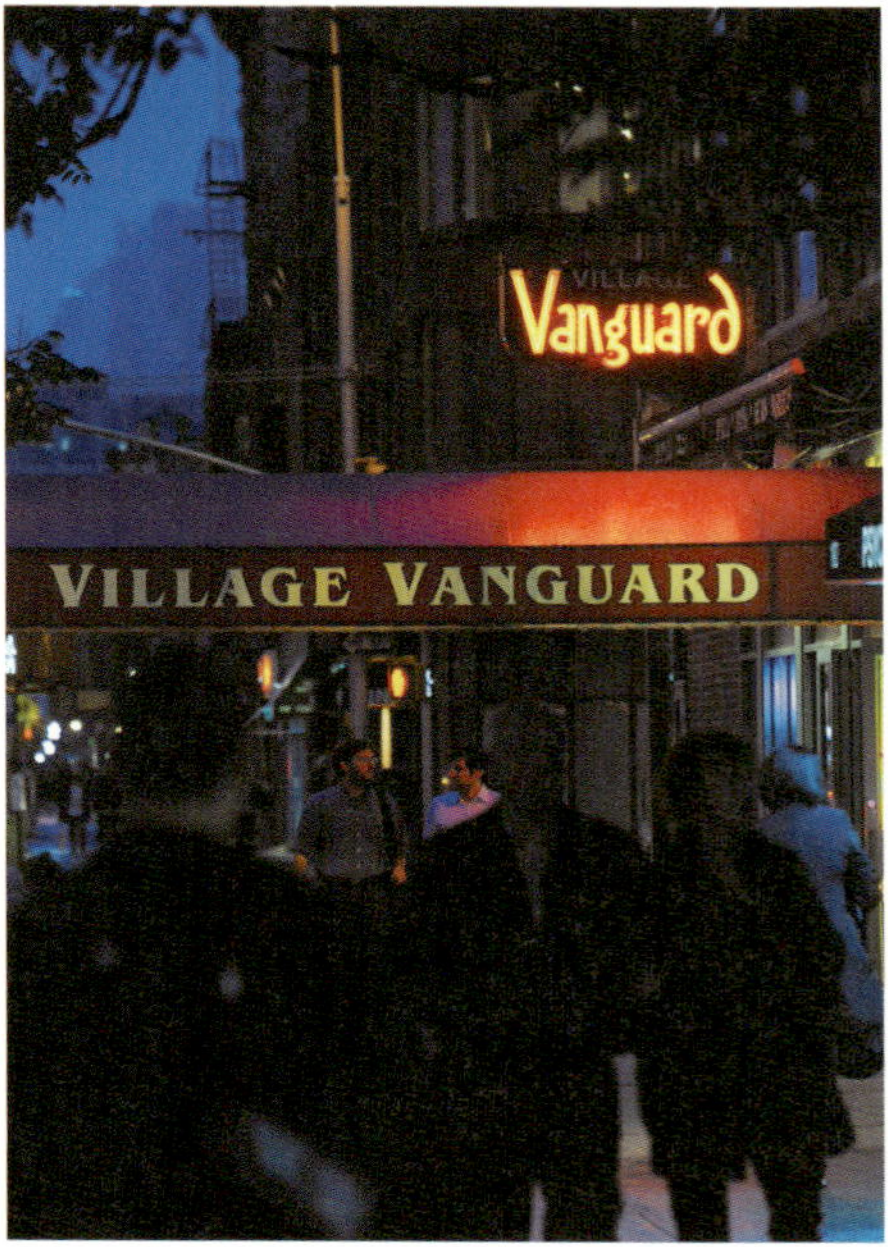

伝説の「ヴィレッジ・ヴァンガード」

ラは有名でも無名でもぜんぶ同じ。ウィントン・マルサリスが出るからといって、高額な出演料を出すわけではない。それほど広くない場所だし、出演者のランクによってチャージが変わるということがほとんどないので、払いたくても現実的に払えないのだ。商売っ気がないというか、素っ気ないというか、いったんミニマム・ドリンクを出してしまうと、お代わりの注文もほとんどとりに来ない。しかし「安ギャラでもいいからヴァンガードに出たい」というミュージシャンがたくさんいる（ウィントン・マルサリスもその一人だということだ）。僕は思うんだけど、そういうのが要するにジャズであり、そういうのが要するにニューヨークであり、そして言うまでもないことだけど、それが要するに「ヴィレッジ・ヴァンガード」だ。まさに「伝統の力」とでも言うべきか。この店に入って、ウィスキーのソーダ割りを飲みながらライブの開始を待っていると、ほとんどタイムマシーンに乗って来たような気がするくらいだ。

ヘンリー・キッシンジャーがこの店を訪れたとき、入り口にいたロレインさんがにこりともせず、「うちはミュージック・チャージが20ドルと、ミニマム・ドリンクが10ドル。カードもチェックも受け取りません。それでよろしいかしら？」と言った話は有名である。キッシンジャー氏は素直に札入れから現金を出して払った。なにしろハードコアな店なのだ。ロレインさんは１９６０年代にはジャズを離れて、反戦運動に打ち込み、ハノイにまで出かけた人である。きっとキッシンジャー氏とはあまり相性が良くなかったのだろう。

僕は「ヴィレッジ・ヴァンガード」に二晩ライブを聴きにいったのだが、アナット・コーエンというイスラエル人の女性サックス（クラリネット）奏者の率いる「スリー・コーエンズ・セクステット」というコーエン三人兄妹のバンドが素晴らしかった。三人兄妹が三管でハードにフロントを張る、いわゆる「新主流派ジャズ」に近いバンドだ。リズム・セクションはニューヨークの地元ミュージシャンたち。兄妹だけあって、グルーヴ感がぴたりと合っている。入り口近くの席に座っているロレインさんに（いつも同じ席に座っている）「とても良いバンドですね」と言ったら、「そうね。ちとうるさいけど」ということだった。うるさい音楽はあまり彼女の好みではないようだ。しかしこのアナット・コーエンは、彼女が今のところひいきにしている若手ミュージシャンの一人である。「明日の夜は彼女がクラリネットで、ベニー・グッドマンにトリビュートする演奏をするの。これはいいわよ」ということだった。彼女はもう八十代後半だけれど、自分の耳を持ち、自分の好みを持っている。誰に対しても——おそらくは客に対しても——譲歩するつもりはない。

ほかにはミッドタウンの「バードランド」で才人歌手カート・エリングのライブを聴いた。アーニー・ワッツをコルトレーンに見立てて、コルトレーンのバラード・レパートリーを歌うというとてもチャーミングでクレバーなプログラムだった。カート・エリングの歌を生で聴いたのは初めてだったが、すっかりこの人が気に入ってしまった。前述したマーク・マーフィーや、あるいはジョン・ヘンドリックスといった技巧派男性ヴォーカルの伝統をしっかり受け継いでいる。テクニックもあるし、アレンジもとても洒脱だ。共演したアーニー・ワッツも、フュージョン時代のイメージから離れて、とてもよく健闘していた。日本に帰ってきたら、ちょうどこの日の演奏と同じ内容のものがCDの新譜として発売されていた。

休憩時間にエリングさんがわざわざ僕の席にやってきて、「ムラカミさん、僕はあなたの本をたくさん読んでいるよ」とにこやかに言ってくれた。「ありがとう」と言って握手をした。とても感じの良い、インテリジェントな人だった。

「バードランド」ももちろん古くからある超有名なクラブだが（今を遡《さかのぼ》る六十年前、オリジナルのクラブの開店初日には、チャーリー・パーカーのバンドが出演した）、そのあと場所は何度も引っ越しているし、経営も様変わりしている。「古式豊かな」というか、昔ながらの雰囲気を頑固に維持している「ヴィレッジ・ヴァンガード」とは対照的に、最新の設備を備えたナイトクラブに近い店だ。店は清潔で広々しているし、おいしい料理も出るし、飲み物のお代わりもちゃんと取りに来る。サービスもとてもきちんとしている。女性同伴で、ちょっと気取って、ニューヨークのナイトライフを愉しみに来

今夜のミュージシャンの情報を眺める

るのには最適かもしれない。でも値段はリーズナブルだし、演奏の質も申し分ないし、ジャズがしっかりと鳴り響いている。ここもお勧めです。

アップタウン、セントラル・パーク西側、コロンビア大学の近くにある、適度にお洒落で、こぢんまりとしたジャズ・クラブ「スモーク」では、ヴェテラン・ピアニスト、ラリー・ウィリアムズが率いるトリオのライブを聴いた。ドラムはビリー・ハート（懐かしいなあ）。出演するミュージシャンもわりに近所に住んでいるということが多いみたいで、そのせいもあって、演奏もどことなく地元的にリラックスしている。そういうところもニューヨークというロケーションの強みだ。

ここは以前は「オージーズ・ジャズバー」という、かなりまったりとした玄人好みの店だったのだが、１９９８年にそこが店仕舞いして、そのあとを今の経営者が引き継いで「スモーク」という名前の店にした。この店は黒人が多く住むハーレムに比較的近く、そのせいもあって、いくぶん黒っぽいというか、「ダウンホーム」的な雰囲気がそこはかとなく漂っている。ヴィレッジやソーホーあたりのクラブとは肌合いがちょっと違う。ミュージシャンたちと客席との交流みたいなものも、なんとなく自然だ。そういうのはたぶん、以前の店から引き継がれた部分も大きいのだろう。一人でぶらりとやってきて、ウィスキーのグラスを傾けながら、生のジャズをご近所っぽく楽しむとしたら、あるいはこの店がいちばん向いているかもしれない。食事のメニューもなかなか充実している。「ヴィレッジ・ヴァンガード」「バードランド」「スモーク」と四日間ニューヨークに滞在して、ジャズのライブを毎晩聴きまくった。昼間はジャズ・レコード店を巡ってLPを買い漁った。これ以上の至福をどこに求めればいいのか？

でもやはり、というか、タイムマシーンを持っている方がおられたら、念のためにご一報下さい。

シベリウスとカウリスマキを訪ねて

フィンランド

フィンランドというとあなたはまず何を思い出しますか？　僕の頭に浮かぶのは、浮かぶ順番にならべると

1　アキ・カウリスマキの映画
2　シベリウスの音楽
3　ムーミン
4　ノキアとマリメッコ

ということになる。アキ・カウリスマキの映画は全部残らず見たし、シベリウスの交響曲全集は五種類も持っている（個人的には五番をいちばん愛好している）。ムーミン・マグでときどきコーヒーも飲んでいる。ノキアの携帯もかれこれ五年くらい使っていた。というと、僕はかなりのフィンランド贔屓《びいき》ということになるかもしれない。とくにこれまでそんなこと意識したことはなかったが、考えてみれば、そう言われてもやむを得ないところがある。

で、それはともかく、フィンランドに久しぶりに出かけてきました。僕が今回行ったのは8月の初めだったけど、それでも上着やセーターをいちおうしっかり用意していった。というのは、この前（といってももう四半世紀以上昔、1986年のことですが）ヘルシンキに行ったとき、まだ9月の初めだったのに、寒くてひどい目にあったからだ。朝早く、いつものように一人でジョギングをしたのだけど、走っているうちにしとしとと雨が降り出した。みぞれのように冷たい雨だ。これはまずい、早くホテルに戻らなきゃと思ったんだけど、いかんせん帰りの道に迷ってしまった。更に具合の悪いことには、泊まっているホテルの名前がどうしても思い出せない。えーと、なんだったっけな？　身体はしんしんと冷えてくるわ、道を訊こうにも訊きようもないわで、ほんとに泣き出したいような気持ちだった。まあ、なんとか苦労の末に辿《たど》り着けたけど。

そういう惨めな記憶が脳裏に残っていたので、夏の盛りだというのにかなりしっかり温かい格好を用意していった。でも今回はおおむね、フィンランドの天候は穏やかで平和だった。一日だけかなりひやりとする夜があったけど、風邪を引くこともなく、性格の悪いエルク（ヘラジカ）に道でからまれて昼食代を巻き上げられるようなこともなかった。僕はかなり幸福な気持ちでフィンランドでの日々を送り、そして日本に帰ってきた。

カウリスマキ監督兄弟が経営する「カフェ・モスクワ」で。
カウリスマキっぽいカップル

もちろん何もかもがすべてとんとんと順調に運んだわけではない。「旅先で何もかもがうまく行ったら、それは旅行じゃない」というのが僕の哲学（みたいなもの）である。ヘルシンキ市内にある、カウリスマキ監督兄弟（アキとミカ）の経営する名物バー「カフェ・モスクワ」に行ってみたのだが、ここでは飲み物を注文することすらできなかった。カウリスマキ・ファンとして、ここは何があっても訪れたいとかねがね思っていた酒場だ。暗くけばいいもろ60年代風の内装から、ジュークボックスの表に貼られた偏執的な選曲リストから、すべてが見事なまでにカウリスマキ趣味で成り立っている。聞いた話によれば、このバーの基本的経営方針は「冷たいサービスと、温かいビール」ということだ。うーん、やはりかなりユニークですね。

カウリスマキさんはこのバーの他に、ホテルも経営していたということだが、こちらは現在は休業中であるらしい。ひょっとしたら、このホテルの経営方針は「硬いベッドと、ゆるいサービス」みたいなものだったかもしれない。もしそうだとしたら、もう一度ここに泊まりに来ようと思うような宿泊客は、それほど数多くなかったかもしれない。

七時頃にこの「カフェ・モスクワ」に入って、椅子に座り、誰かが注文を取りに来るのをじっと待っていたのだが、従業員らしきものはまったく姿を見せない。四十分ばかりそこで我慢強く待っていたんだけど、何ごともおこらなかった。店にはほかにカップルの客がいて、その人たちはちゃんとカウンターでビールを飲んでいたから、少し前までは誰か従業員がそこにいたに違いない。そしてビールだって――冷たいか温かいかはともかく――いちおう出してくれたのだろう。うまくいけば栓だって開けてくれたかもしれない。でも今はいない。そのカップルに「店の人はいないんですか？」と尋ねてみたら、「ああ、さっきまでいたんだけど、どこに行ったのかねえ。わかんないけど、当分は戻ってこないんじゃないかな。なにしろそういう店だからさ」ということだった。

この二人はフィンランド人の三十代初めくらいの男と、エストニア人の二十歳過ぎのちょっと色っぽい女の子のカップルで、かなりダウン・トゥー・アースな、みっちり下心に満ちた、濃い雰囲気を漂わせていた。このへんの客層もいかにもカウリスマキっぽい。本当に「内装の一部」といっても違和感のないようなお二人だった。

で、いつまでたっても従業員が戻ってこないので、結局生ぬるいビールさえ飲めないまま「カフェ・モスクワ」をあとにすることになった。残念と言えば残念だが、まあ、そのへんの展開もなかなかカウリスマキっぽくて、よかったような気もしないではない。出がけに、壁にかかっていた俳優マティ・ペロンパさん（僕は彼のファンだった）の遺影の下で記念写真を撮ってもらった。ペロンパさんのご冥福を祈りたい。

ちなみにそのカップルとは、従業員が戻ってくるのを待っているあいだ、福島の原発事故について英語で話をした。フィンランドには五基の原発があるということだ。フィンランドは国土のほとんどが平地なので、水力発電もできない。だから原子力発電に頼るしかない。ずっと北の方の、人の住んでいないところにものすごく深い穴を掘り、核廃棄物をそこに捨てて、厳重に封をしている。でもそれが無害になるまでに十万年くらいかかる。「でも、日本にはそんな人の住んでいない場所なんてないしな」と僕は言う。「ま、いろいろ困ったことだよね」というあたりで話が尽きて別れた。原子力発電問題についてのとくに画期的な提言もなく、有効な助言もなかった。もともとそういうことを期待できそうな相手ではなかったから、仕方ないことではあるんだけど。

シベリウスの話。

シベリウスがその人生の大半を送った有名な山荘「アイノラ荘」も訪れた。この山荘はヘルシンキから40キロばかり離れたヤルヴェンパーという田園地帯にある。シベリウスというとなんだか大昔の偉い作曲家みたいな雰囲気があるけど、実はわりについこのあいだまで生きていて（と言っても１９５７年までですが）、この家で五十三年間も実際に生活していた。シベリウスの死後も、家族はしばらくここに住んでいた。だからこの家も「歴史的遺産」というよりは、「きれいに保存された知り合いの古いお宅」という方が雰囲気として近い。

シベリウスは九十二歳という高齢で死ぬまで、この家に水道設備を入れなかった。お金がなくて水道が引けなかったからではない。工事がおこなわれるとうるさくて、作曲にさしつかえるから、「水道なんかいらん。井戸があればそれでよろしい。これまでそうやってちゃんと生きてこれたんだから」と言って断固拒否していたのだ。それくらい神経質な人だった。おかげで家族はみんな、用を足すには外便所にいかなくてはならなかった。真冬のフィンランドでいちいち外の便所に出ていくのは大変なことだったに違いない。もちろん夜は室内便器を使ったんだろうけど、これもあまり居心地の良いものではなかったはずだ。シベリウスが亡くなったあとで、残された家族がまず最初にやったのは、アイノラ荘に水道設備を導入することだった。その気持ちはわかる。

シベリウスには奥さんと五人の娘さんがいたが、きっと「ああ、これでやっとうちの中に水洗トイレができる。お父さんが亡くなったのは残念だけど、正直言ってちょっとほっとしたわねえ」「まあ、お父さんもむずかしい人だったからね」「ほんとね。でもなんだか淋しいようでもあるわ」みたいなことを語り合っていたのではないかと、僕はほぼ勝手に推測する。なんだか小津安二郎の映画のシーンみたいだけど。

実際のところ、晩年のシベリウスはずいぶん内向的になり、気むずかしくなっていたらしい。外の世界との接触をますます避けるようになった。僕らが今このアイノラ荘を訪れ、家の内部を見学させてもらって目にするのは、豊かな感受性を持った芸術家の、自然の中でのきわめて簡素な——質素なといっていいかもしれない——生活ぶりだ。当時ここにあった娯楽といえば、せいぜい音楽と読書と造園くらいのものだ。しかしそれくらいあれば、けっこう十分だったのかもしれない。人生の贅沢の基準というのは、人それぞれに違う。とくにシベリウスさん一家は造園にかなり熱意を込めていたようで、美しい庭園と菜園（の名残り）があとに残されている。

「アイノラ荘」の中でひときわ人目を引くのは、母屋から少し離れたところに建っている、堂々たるサウナ・ハウスだ。多くのフィンランド人がそうであるように、シベリウスさんもサウナに対して偏執的なまでの愛情を抱いていたようだ。このサウナを見学してから、シベリウスの写真や彫像（なぜかいつも気むずかしい顔をしている）を見ると、この作曲家に対して今までになく親近感を抱けるような気がする。サウナの湯気の中に身を置いて、「おお、たまらんなあ」と嬉しそうに相好を崩しているところが、つい想像できてしまうからだ。鼻歌で『フィンランディア』とか歌っていたかもな、と思う。

家族はシベリウスさんの死後もこのアイノラ荘で暮らし続けた。奥さんのアイノさんが１９６９年に亡くなると、フィンランド政府がこの家屋を、シベリウスの記念館とするために遺族から買い取った。アイノラ荘は、行けばわかるけど、シベリウスが生きていた当時のものを実にそのままに、綿密に保存している。食器から、アイロンから、電話機から、調理用具から、ベッドまで、すべてそのままのかたちで残され、展示されている。おかげで僕らはシベリウスという音楽家のみならず、当時のフィンランド人がどのような日常生活を送っていたかをありありと目にすることができる。とても興味深いです。

アイノラ荘には、シベリウスが作曲に使っていたスタインウェイのグランド・ピアノがそのまま残され、今でもコンサートで実際に使用されている（アイノラ荘では定期的に小さなコンサートが催される）。この楽器は彼の五十歳の誕生日に、友人一同からプレゼントされたものであるということだ。それまで彼は古いアップライト・ピアノを使って仕事をしていた。アップライト・ピアノが好きだったからではなく、グランド・ピアノを買う経済的余裕がなかったからだ。それで友人たちが「シベ公くらいの世界的作曲家が、グランド・ピアノも持ってないというのは、フィンランドの恥だべ」みたいなことを言って（言葉遣いはあくまで僕の想像だけど）、基金を募り、新品のグランド・ピアノを買って贈った。シベ公はとても喜んだということだ。

シベ公……じゃなくて、シベリウスの五十歳の誕生日といえば、1915年のことで、そのときには彼は既に五番の交響曲まで書いている。国家的な偉人として認められ、『フィンランディア』やヴァイオリン協奏曲は世界中で熱心に演奏されている。それなのにどうしてそれほどお金に不自由していたのだろう？　アイノラ荘の女性館長であるヒルッカ・ヘルミネンさんにそう質問したところ、当時のフィンランドはまだ実質的にロシアの統治下にあり、印税制度があまり機能しておらず、作品の多くは僅かなお金で売り払われ、印税は彼のもとにあまり入ってこなかったのです、ということだった。彼はそのために長いあいだ借金に苦しむことになった。生活費を稼ぐために、「交響曲が書きたい」という気持ちになっているときにも、ピアノやヴァイオリンのための小品を、売り物として書かなくてはならなかった。気の毒だ。でもピアノやヴァイオリンのための小品にも、いくつものとても素敵な作品があるんだけどね。

ちなみにフィンランドが正式な独立国家として成立したのはロシア革命後、１９１７年のことである。そしてシベリウスは新生フィンランドの顔のような存在になっていった。

個人的な話をさせていただくと、フィンランドでは今のところ、僕の著作のうち四作が翻訳・出版されている。良い機会だから出版社に連絡をとってみたら、「おお、よくフィンランドに来てくれた。食事でもしよう」ということになり、ヘルシンキの港近くにある洒落たレストランで、その出版社の四人の人たちと昼食をとった。ディレクターと、編集者と、営業の人と（三人とも女性）、翻訳者（男性）。食事をしながら「ビジネスはどんな具合ですか？」と尋ねると、「多くの読者はフィンランド語の翻訳が出る前に英語で読んじゃうから、翻訳の出版事業はここではなかなかむずかしいのよね」という返事が返ってきた。若い人はそれくらい自由に英語を使える。またスウェーデン語で

ヘルシンキのエテラ港

本を読む人の数も多い。でも彼らはフィンランド語に誇りをもっているので、少しでも多くの書物をフィンランド語に翻訳して出版しなくては、という使命感を持っている。健全な考え方だ。がんばってほしい。

実を言うと、フィンランド語が一般的に使用されるようになったのは比較的近年のことだ。19世紀まではスウェーデン語がフィンランドの公用語として使われていた。フィンランド全体がスウェーデンの文化的支配下にあったからだ。現在でもフィンランドはバイリンガル国家で、フィンランド語とスウェーデン語の両方が公用語として使用されているわけだが、その当時はフィンランド語はどちらかといえば田舎の、あまり教養のない人々の言語とみなされていた。しかしフィンランドがロシアの支配下に置かれるようになり、ナショナリズムが勃興《ぼっこう》するにつれ、フィンランド語はフィンランド人の共通言語として、民族的アイデンティティーのシンボルとして、次第に力を持つようになってきた。フィンランド語が他の西欧言語とはいくぶん異なった言語構造を持ち、日本語と似た要素を持っているというのはよく指摘されるところだ。

そういえば、僕が昔（1980年代の半ば）ジョン・アーヴィングとニューヨークで会って話をしたとき、「私の本は何冊もフィンランド語に翻訳されているんだ。あの500万しか人口のない小さな国でだよ」と嬉しそうに語っていたことを懐かしく思い出す。もちろんたくさんの人口を持つ国で翻訳されるというのはありがたいことだけど

（本がたくさん売れるから）、でも人口の少ない国の言語に訳されるというのも、作家としてはそれなりに誇らしいものなのです。その国に対して個人的に、温かい親しみを抱くことができる。

しかしそれはともかく、世界中どこに行っても、出版社の人と会って「景気はどうですか？」と尋ねて、「いやあ、もう儲かってしょうがないですよ」という返事が返ってきたためしがない。だいたいみんな暗い顔をして「それが、本があまり売れないもので……」と愚痴をこぼすばかりだ。フィンランドもそれは同じだった。原子力発電や地球温暖化ほど深刻な問題ではないにせよ、本が年々売れなくなるというのも世界共通の悩みのタネであるようだ。さて、これから我らが地球はどうなっていくのか……。

しかし地球の行く末はともかくとして、フィンランド人の夏の休暇の過ごし方はずいぶん優雅だ。僕の本を担当してくれている編集者も、7月に四週間ほどの休暇をとり、つい先週職場復帰したばかりだという。本の売り上げの話から休暇の話に変わると、みんな顔が急にぱっと明るくなる。多くのヘルシンキ市民は郊外にサマーハウスをもっていて、夏になると長く休暇をとり、都会を離れ、自然の中でのんびりと身体を休める。湖で泳いだり、トレッキングをしたり、日光浴をしたり、サウナで汗を流したりする。なにしろ国土の割に人口が少ないので、スペース的にもゆったりしている。「景気が悪くて……」と言いながら、暮らしにも余裕がある。いいですね。景気が悪くなると、ただ不景気な顔をしているしかない国の人とはちょっと違う。まあ、冬がとても長いので、夏のうちに少しでもたくさん肌に日光を吸収しておかなくては、ということもあるのだろうけど。

ヘルシンキ市民がどんなところで楽しく休暇を送っているのか興味があったので、レンタカーを借りて、近郊にサマーハウスがたくさんある（という話を聞いた）ハメーンリンナまで行ってみた。この都市はヘルシンキからだいたい１００キロのところにあり、車を飛ばせば一時間ちょっとで着いてしまう。

ハメーンリンナまでの北に向かう高速道路は実に広々として、まっすぐで、交通量は圧倒的に少ない。まわりには緑の森があるばかりで、樹木のほかに見るべきものはない（木材は長いあいだフィンランドの輸出品目のトップを占めていた）。樹木の種類もかなり限られている。まっすぐな幹をもったヨーロッパ・アカマツと、柳のようにしだれた枝を持つ白樺、そしてトウヒ、カエデくらいのものだ。それらがまだらに入り混じって生えている。そういう森がどこまでも果てしなく延々と続いている。しつこいようだけど、他に見るべきものはほとんどありません。もちろんたちの悪いエルクにからまれないように、いつも路上に目を注いでいなくてはならないけれど。僕はヘルシンキ市内のＣＤショップで買い込んだ、何枚かのフィンランド語版オールディーズ・ロックをカー

ハメーンリンナにて。子馬を飼っている女の子

ステレオで聴きながら、のんびりとドライブを楽しみましたが。フィンランド語で聴くロイ・オービソンの『おお、プリティ・ウーマン』カバーはなかなか心安らぐものです。ほんとに。

ハメーンリンナには細長い形をした美しい湖がある。古代の氷河が移動するときに、地表をごりごりと削って作り出した湖は、まるで運河のように南北に延びて続いている。その湖畔に古いお城が建っている。美しい風景だ。ハメーンリンナというのは「ハーメのお城」という意味で、それくらいこの城の存在感は大きい。城は13世紀にスウェーデン人によって、フィンランド統治の要衝として建てられた。そして城のまわりに自然に、少しずつ町が形成されていったわけだ。まだほとんど海岸部にしか人が居住していなかった当時のフィンランドでは、ハメーンリンナは唯一の内陸都市として、また交易の拠点として栄えた。

もっともこの城が実際に戦火にあったことはなく、19世紀初頭にロシア人がスウェーデン人に代わってフィンランドを統治するようになってからは、刑務所に改装され、そのまま1980年代まで囚人たちを収監していたということだ。今ではお城の中はきれいに修復され、自由に見学できるようになっている。かつて刑務所だったという雰囲気はまったく残っていない。もし望めば広間を借りて、そこで結婚式を開くこともできる(まあこれも考えてみれば一種、刑務所に入るのと同じようなものではあるんだけど)。

塔にのぼり、窓から見下ろす湖の風景はなかなか素晴らしい。そこに閉じこめられた囚人が、いったいどんな気持ちでその風景を見ていたかまではわからないけど。

お城を見学し、街で軽い昼食をとってから、車を運転して郊外の狭い未舗装道路をのんびり進み、湖沿いに建ち並ぶサマーハウスを見物した。バローラという小さな町の近くに、付属の放牧場で親子の馬を飼っている家があった。五、六歳の小さな女の子と、大きな犬が馬の親子の近くで遊んでいた。ほのぼのとした素敵な光景だった。同行していた写真家が「良い雰囲気ですね。できたら写真が撮りたいな」というので、そのお宅の方に「すみません。突然ですが、お宅の写真を撮らせていただいてよろしいですか？」と尋ねてみた。日曜日のお昼時に、突然大きなカメラを持った日本人が庭先に現れて、向こうも少し驚いたようだったが、「まあ怪しいものたちではあるまい」ということで、「ああ、かまいませんよ。どうぞどうぞ」と快諾を得た。親切な人たちだった。

そのお宅に住んでいたのはヴェッカさんというご一家で、ここはサマーハウスではなく、家族は一年中当地で暮らしているということだ。広い緑の庭があり、湖に面して桟橋がついている。その前を時折ボートがゆっくりと通り過ぎていく。水面に白い夏の雲がくっきり映っている。馬は「いや、商売じゃなく、単に趣味で飼っているんだよ」ということだった。単に趣味で馬を飼っているというのはなかなかスケールが大きい。猫を飼うのとはずいぶん手間が違うはずだ。とても優雅な生活だ。

僕らがうかがったとき、七、八人の家族（＋犬）がみんなで庭に出て、和気藹々《わきあいあい》と賑《にぎ》やかに昼食をとっているところだった。たぶん三世代の家族なのだろう。周りの自然は豊かで美しい。その美しさが失われないように、人々がみんなで細かく気を配っている。そういう印象があった。景観を損なう余計なものは何ひとつ目に付かない。この国では自然が大事な遺産として、世代から世代に静かにそのまま受け継がれていくようだ。

ハメーンリンナからは湖から湖へとホッピングするようにして、魅力的な観光都市であるタンペレまで船が出ている。パンフレットを見ると、船上から湖と森の見事な風景を堪能できるらしい。しかしそこまで船で行くにはたっぷり半日かかるので、日程の都合上、残念ながら今回はあきらめなくてはならなかった。ヘルシンキも魅力的な街だけど、このような内陸部の豊かな深い自然を味わわないまま、フィンランドをあとにするというのは実にもったいないな。もう一度ゆっくり時間をかけて来たいものだ、というようなことを思いつつ、高速道路を一路ヘルシンキへと向かった。でもなかなか素敵な一日だった。エルクにもぶつからなかったし。

今年はたまたまヘルシンキが「世界のデザイン首都」に選ばれていて、ヘルシンキ市内の至るところでデザイン関連の催しが開かれていた。北欧の工芸デザインは日本でも高く評価され、昔からずいぶん人気があるけれど、近年はフィンランドの人気が高まってきたようだ。僕も今回、何人かの工芸家の工房を訪れて、作品を見せてもらった。もちろんそれぞれに固有のスタイルがあるわけだが、淡い色彩や、シンプルなデザイン性は、日本の工芸になんとなく通じるところがあり、陶器なんかもそのまま日本料理に使えそうなものが数多くあった。日本人に人気があるのも肯《うなず》ける。

ヘルシンキ市内に工房を持って、制作している陶芸家のナタリー・ラーデンマキさんも、「しょっちゅう日本に行っているわ」ということだった。そういう交流も多いようだ。彼女の工房は大きな倉庫のような建物の二階にあり、そのがらんとしたスペースを何人かのアーティストと共同で使っているのだが、一階はアイスクリーム工場になっている。フィンランドではかなり人気のあるアイスクリーム・メーカーだということだが、なにしろ巨大な工業用冷却器をすぐ下の階で使っているものだから、廊下に出るとモーター音がわんわんとうるさい。エレベーターも業務用の広々としたものだ。でもそういう愛想のない「倉庫感」が、一昔前のニューヨークのソーホーぽくって、なかなかアートな雰囲気を漂わせている。

フィンランドの工芸デザインはスウェーデンやデンマークに比べると、歴史は比較的浅いわけだけど、そのぶん若い人は自由に意欲的にスタイルを追求していくことができて、そのへんの勢いが興味深かった。いろんなデザイン・ショップを散歩がてら回るだけで、ヘルシンキで何日かはつぶせそうだ。目についたカフェで軽く食事でもとりながら。街中（たぶん）どこを歩いても安全なのもヘルシンキの素晴らしい点のひとつです。

デザインとは関係ないけど、ヘルシンキ港の中の島に作られた動物園も楽しかった。島ひとつがそのまま動物園になっているという、けっこうユニークな動物園です。港からフェリーに乗ってそこまで行く。坂道の多い、とても広い動物園で、ピクニックみたいにして見物を楽しめる。なぜか猫科の動物が充実して取り揃えられていて、猫好きの僕としてはかなり楽しめた。知らなかったけど、ヨーロッパにはけっこういろんな種類の山猫がいるんですね。もし暇があったら是非行ってみてください。冬場は動物も人も寒そうだけど。

フィンランドは全体的にのんびりした北欧諸国の中でも、とりわけのんびりした国だ。派手なところはあまりないけれど、ゆるやかに静かに時間が流れているという印象がある。人々も親切で、あたりが柔らかだ。食事もなかなかおいしい。良いところですよ。一度行けば、あなたもフィンランド贔屓《びいき》になるかもしれない。うまくいけば森でばったりスナフキンに遭えるかもしれないし……というのはもちろん嘘だけど。

〈追記〉

僕は『色彩を持たない多崎つくると、彼の巡礼の年』のフィンランドのシーンをすべて想像で書いてしまってから、このフィンランド取材に行きました。なんだか自分の足跡をひとつひとつたどるみたいに。そういう意味では興味深い旅でした。

大いなるメコン川の畔で

ルアンプラバン（ラオス）

日本からラオスのルアンプラバンの街に行く直行便はないので、どこかで飛行機を乗り継がなくてはならない。バンコックかハノイを中継地点にするのが一般的だ。僕の場合は途中ハノイで一泊したのだが、そのときヴェトナムの人に「どうしてまたラオスなんかに行くんですか？」と不審そうな顔で質問された。その言外には「ヴェトナムにない、いったい何がラオスにあるというんですか？」というニュアンスが読み取れた。

さて、いったい何がラオスにあるというのか？　良い質問だ。たぶん。でもそんなことを訊かれても、僕には答えようがない。だって、その何かを探すために、これからラオスまで行こうとしているわけなのだから。それがそもそも、旅行というものではないか。

しかしそう問われて、あらためて考えてみて、ラオスという国について自分がほとんど何も知らないことに気づく。これまでとくにラオスに興味を持ったこともなかった。それが地図のどのあたりに位置するのか、それさえろくに知らなかった。あなたもおそらく同じようなものではないかと、僕は（かなり勝手に）推察してしまうのだけれど。

いくつかのウィキペディア的事実――ラオスは東南アジア唯一の内陸国で、海にはまったく面していない。たぶんサーファー人口は少ないだろう。そのかわり（というか）メコン川という大河が、国土を南北に貫いて流れている。川はそのままミャンマーとタイとの国境をなしている。国土の面積は日本の約三分の二（その大半は峻険な山地と密林）、人口は日本の二十分の一。国全体のGDPは、鳥取県の経済規模の約三分の一に相当する。IMFによって「後発開発途上国」とカテゴライズされている。国民の78パーセントが農業に従事している……と言われても、どんなところだかさっぱり見当がつかないですよね。僕にも見当がつかない。だから実際に行ってみるしかない。

僕が目指すルアンプラバンは、メコン川沿いにある、かなりこぢんまりとした街だ。街そのものより、街外れにある飛行場の方がたぶん大きいだろう。玄関がやたら大きくて立派で、部屋数が少ない家に似ている。居間を通り抜けて、その奥のドアを開けたらもう裏庭だった、みたいな。

人口は2万余り。そこに数え切れないほどたくさんの――きっと数えきれるのだろうが正確な数は不明――大小の寺院がひしめいており、一般的に「仏都」と呼ばれている。その昔はランサン王国の実際の首都だったのだが、防衛上の理由で（この国は昔から一

早朝に托鉢に出る僧侶たち

貫して常に防衛のことを考えていなくてはならなかった）、16世紀にビエンチャンに遷都したため、今ではちょうど奈良みたいに、宗教的な趣のある静かな「古都」となっている。外国人観光客に人気がある街だ。ちなみに「世界遺産」にも登録されている。高層建築物やショッピング・センターみたいなものはまったくない。スターバックスもマクドナルドもない。パーキング・メーターもないし、交通信号さえない。

寺院が多いわけだから、僧侶の数も当然多くなる。鮮やかなオレンジ色の僧衣をまとったたくさんの坊主頭の僧侶たちが、街のあらゆる通りを、あらゆる方向に行き来している。彼らはとても静かに裸足で歩き、どこまでも柔和な笑みを顔に浮かべ、ひそやかな声でなにごとかを語り合う。オレンジ色と、腰に巻いた帯の黄色の組み合わせが目に鮮やかだ。

僧侶の多くは強い日差しを避けるために傘をさしているのだが、傘は残念ながらごく普通の黒いこうもり雨傘であることが多い。僕は思うのだけれど、誰かが——たとえばどこかのＮＰＯなり海外援助部門なりが——僧衣に合わせてオレンジ色の素敵な傘を、あるいは帯に合わせて黄色の傘を、彼らのために作ってあげるべきではないのだろうか。そうすれば色彩の統一感がいっそう際立ち、ルアンプラバンの風景は今にも増して印象的なものになるに違いない。そして僧侶としての彼らのアイデンティティーも、より揺らぎないものになるのではないか。ヤクルト・スワローズの熱心なファンが、緑色の傘を携《たずさ》えて勇んで神宮球場に行くみたいに。
それともそこまで隙のないカラー・コーディネーションは、素朴な信仰心とは根本的に馴染《なじ》まないものなのだろうか？　いったん考え始めると、どうでもいいようなことだが、ルアンプラバンにいるあいだずっと、傘の色のことが頭から離れなかった。まあそれだけ、通りを歩いている僧侶の数が多いということなんだろうけど。

仏教信仰の盛んなラオスの中にあっても、ルアンプラバンはとりわけ信仰心の篤《あつ》い街だ。毎日、朝の五時前から僧侶たちは托鉢《たくはつ》に出る。人々は餅米ご飯（カオ・ニャオという）を竹で編んだおひつ（ティップ・カオという）に入れ、道ばたに座って、一人ひとりの僧侶にひとつかみずつ順番に寄進する。一般人は托鉢中の僧侶たちより高い位置にいてはならないし、目を合わせてもならない（たとえば竹馬に乗って寄進するなどもってのほかだ）。道ばたにきちんと正座し、下から恭《うやうや》しく差し出さなくてはならない。それが大事な礼儀だ。

僧侶たちは寺院単位で列をなして裸足でひたひたとやってくる。前述したように、ルアンプラバンにはとても数多くの寺院があり、ひとつひとつの寺院にはだいたい平均して20人から30人くらいの僧侶が所属している。列の先頭に位の高い僧侶が立ち（たまに賢い犬が列を先導してくることもあるが）、最後尾には小学校低学年くらいの年のちびっこ見習い僧侶たちが続く。彼らは終始無言だ。余計な口はいっさいきかない。すべてがしんとしている。「昨日のダルビッシュのピッチング、すごかったねえ」なんてちゃらちゃら話している僧侶もいないし、もちろんiPhoneでメールをチェックしている僧侶とかもいない。托鉢に関してはみんな冗談抜きに真剣なのだ。差し上げる方ももちろん真剣でなくてはならない。

街の人々は早朝からカオ・ニャオを用意して、僧侶たちが列を作って道をやってくるのを静かに待ち受けている。そんな儀式を毎日欠かさず続けるのはけっこうな手間だと思うんだけど、ルアンプラバンではそれが、人々の日々の営みの自然な一部となっている。ラオスはいちおう社会主義国という建前になっているのだが、そういう民間の仏教信仰は、国家システムを超えたところで根強く淡々と、メコン川の流れが途切れることがないのと同じように、変わることなく機能している。僕も「何ごとも体験だから」と思って、まだ暗い早朝の時刻に道ばたに正座し、僧侶たちに餅米ご飯を「差し上げ」てみた。まあ、ほんの真似事のようなものなのだけど、それでも実際にやってみると、そこにある土着の力みたいなものを、その本物さを、不思議なくらい強く肌身に感じることになった。宗教家はよく「たとえ形だけの真似事でも、実際に続けているとそれはいつか本物になる」みたいなことを言うけど、たしかにそういうところはあるかもしれない。

いずれにせよ、ここは東京都港区からはかなり遠く離れた場所なのだ――当たり前のことだけど。あなたももしルアンプラバンの街に来ることがあったら、是非早起きして「托鉢体験」を試してみてください。実際に地べたに座って、お坊さんたちにカオ・ニャオを差し出してみると、儀式の力というか、場の力というか、予想を超えて何かしら感じるものが、そこにはあります。

ルアンプラバンの街のすぐ前にはメコン川が、文字通り滔々《とうとう》と流れている。ルアンプラバンは長い歴史を通して、メコン川によって育まれ、栄えてきた街なのだ。その長大な川はラオスの国土を縦に貫いて流れ、土地を肥沃にし、水産物の恵みを与え、交通の大事な手段になる。でもそれは決して平和で穏やかな川ではない。僕がこの街を訪れたのは乾期にあたるし、水かさは普段より低いはずなのだが、それでも山間を行く川の流れは荒々しく速く、水は大雨の降った直後のようにどこまでも茶色く不吉に濁っていた。メコン川は方々の支流を集めて下流では巨大な河川となり、河口近くに有名なメコン・デルタを形成するが、このあたりでは川幅はまだ100メートルほどしかない（でも近辺に橋は一本もかかってないので、人々はフェリーで対岸と行き来する）。岸辺に立ち、その泥水の果てしない移動を眺めていると、この底にはいったい何があるのだろう、どんな生き物がそこに住んでいるのだろうと、何かしら落ち着かない気持ちにもなってくる。

僕はルアンプラバンの、旧王宮近くにある船乗り場から、「ロングテール・ボート」と呼ばれる小さなリバーボートに乗って、街から25キロほど上流まで遡《さかのぼ》り、その途中小さな村落を訪れたり、無数の仏像の並ぶ不思議な洞窟を見学したり、岸辺にある刑務所（監視塔が不吉に建ち並んでいる）や、煙草工場や、王様のかつての夏別荘の前を通り過ぎたりした。流れがとても速いので、上流に向かうのは逆向きに比べて時間が二倍以上かかる。ときどきぱらぱらと雨の降る、どんよりと曇った肌寒い日だった。東南アジアとはいえ、内陸の深い山の中にあるこの地方は、冬期にはかなり冷え込むことがある。あまりボート旅行に向いた日和ではない。でもそのおかげで、川は（おそらく）晴れた気持ちの良い日とは少し違う一面を僕に垣間見せてくれる。

パーカとウィンドブレーカーにくるまり、そのボートに乗って、雨に濡れた川辺の密林の風景や、何かの障害物にぶつかって荒々しく泡立つ流れ――小さなボートは巧妙にそこを避けていく――や、川面を流されていく様々な無名の生活物資をぼんやりと眺めているあいだ（時折エンジン音の単調さに誘われるように、ふと居眠りもした）、メコン川の持つ深く神秘的な、そして薄暗く寡黙なたたずまいは、湿った薄いヴェールのように、僕らの上に終始垂れ込めている。そこには「不穏な」「得体の知れない」とも表現したくなるような気分さえ感じられる。メコン川は、まるでひとつの巨大な集合的無意識みたいに、土地をえぐり、ところどころで仲間を増やしながら、大地を太く貫いている。そして深い濁りの中に自らを隠している。川を巡る風景には、豊かな自然の恵みの感触と共に、大地への畏れがもたらす緊張が同居している。

メコン川は、その畔に居住する人々のライフ・スタイルに、ぴたりと隙間なく結びついているように見える。その長大な川がそのまま彼らのライフラインになっている。水位が下がったせいで露出した川辺の肥沃な土地では（メコン川の水位は10メートル近く上下することもある）、時を惜しむように盛んに耕作が行われていた。黒くごつごつした体つきの水牛の群れがやってきて濁った水を飲み、女たちは足を水につけて川エビをとっていた。あちこちに停泊したボートの中で生活する家族がいた。ロープに吊された洗濯物が、音もなく降る細かい雨に濡れていた。まわりの密生した森の中で狩りをする人々も見受けられる。犬たちが吠え、ニワトリたちが勢いよく鳴く。農夫らしい小柄な老夫婦の乗った、本当に小さなボートが我々とすれ違う（どこかに買い物に行くのかもしれない）。人々は文字通りメコン川に沿って生活を営み、その意識や心は、川の途切れない流れと共生しているようだ。おおむね諦観的に、しかしあるときにはタフに。

川の前では、というかとりわけ川の上にあっては、我々旅行者はただそこを通過していくだけの、幻のごとき存在に過ぎない。我々はやってきて、見物し、去って行く。ただそれだけだ。我々はそこにかすり傷ひとつ残さない。川をボートで上流に遡りながら、そのことを肌身に強く感じさせられることになる。やがて自分という実体が少しずつ、どことなく、しかし間違いなく希薄になっていくような不思議な感触がある。そしてその川は――あくまで僕のような普通の日本人にとってはということだが――おそらくあまりに流れが激しく、そしてまたあまりに濁りすぎている。こんな川は今まで他のどこでも見たことがない。それはほんの数日のあいだに、僕の中にある川というものの観念を少しばかり、でもけっこう根幹から変更してしまうことになる。

ルアンプラバンにはいくつかの素敵なレストランがある。外国人旅行者向けのお洒落なレストランだ。そこで毎晩ゆっくりディナーを楽しんだ。ローカルなラオス料理もあるし、ごく標準的な種類の西洋料理もある。ワイン・リストもまずまず充実している。そしてその味のレベルはかなり高いと思う。ルアンプラバンには外国人観光客が多いので（なぜかそのほとんどが白人で、大半は長期逗留者だ）、そういうレストランがあちこちにある。僕はそこでよくメコン川でとれた――少なくともメニューにはそう書かれていた――魚料理を注文した。冷たいココナッツ・スープと、白身魚の蒸し料理（モク）が僕の好物だった。

でも朝になって、河沿いにある大きな朝市（京都でいえば錦小路、地元の人々で賑わっている）をぶらぶら歩いて、店頭に並べられている新鮮な魚の姿を目にしたときには、思わず息を呑んでしまった。そして「ええ、こんな魚を僕はこれまで食べていたのか！」と軽いショックに襲われることになった。メコン川で獲れたばかりのそれらの魚の外見は、僕らが普段日本の魚屋で見ているものとは、まったくかけ離れていたからだ。グロテスクというのは言い過ぎだろうが、正直に申し上げて、「思わず食欲をそそられる」というような姿かたちではない。まったくない。しかしそういう姿さえ目にしなければ、味自体はまことに美味だ。この朝市にはそういう「見たいような、見たくないような」という類いの興味深い、ワイルドな食材がところ狭しと並んでいる。

ある店では、串に刺したネズミだかリスみたいなものも売っていた。焼いて黒くかかりになっている。ネズミかリスか、どちらであるにせよ、あるいは他の何らか――たとえば羽をむしったコウモリとか――であるにせよ、とにかく食べてみたいという気を起こさせる代物ではない。もちろん目をつぶって思い切って食べてみたら、魚の場合と同じように、「うん、けっこういけるじゃないか」ということになるのかもしれないけれど……。

でもそれはそれとして、ラオスの食事はなかなかおいしいです。ヴェトナム料理とタイ料理のちょうど中間あたりで、日本人の口にけっこうあうのではないかと思う。道ばたでおばあさんが売っている「五平餅」のような焼き餅も、懐かしい味で、なかなかおいしかった。道ばたにはとにかく、いろんな屋台が所狭しと並んでいる。いろんな果物も安く売っている。そういうものを中心に食べていれば、若い貧乏旅行者ならここではかなり安上がりに生活できそうだ。下宿屋みたいな簡単なゲストハウスもたくさんあるし。

でも僕は今回は仕事の関係で、申し訳ないのだが（と謝るほどのこともないのだろうが）、「アマンタカ」というとびっきり豪華なリゾート・ホテルに泊まらせてもらった。もともとは20世紀の初めに、フランス人の作った病院施設だったということだが（ラオスは半世紀ほどのあいだフランスの「保護領」になっていた）、美しく静かで、どこまでも清潔で品が良く、広大な緑の中庭があり、まるで別天地のようなところだ。大きなスイミング・プールと、チャーミングなレストランがついている。

このホテルでは週に一度、地元の優れた演奏家を集め、夜のプールサイドで宿泊客にラオスの、この地方の民族音楽を聞かせてくれる。踊りもついている。どうせ観光客向けの安全無害な音楽なんだろうと多寡《たか》をくくっていたのだが、実際に聴いてみると、これがきわめて興味深い真摯な音楽だった（すみません）。楽団のいちばん前には木琴奏者がいて、この人はオクターブ奏法（ウェス・モンゴメリーと同じ）で延々と、ほとんど催眠術的にスケールを叩き続ける。これが主メロディー。その後ろにラウンド・ガムラン奏者が控えていて、この人はそれに対するカウンター（対抗）・メロディーをシングル・ラインで送り出す。最初のうちその主メロディーと対抗メロディーは、淡々と調和して並んで進んでいくのだが、ガムラン奏者は興が乗ってくると、徐々にそこに不協和音的なパッセージを折り込み始める。「あれっ」と僕らは思う。そしてやがてその非調和性には、トランス状態にも似た、微かな狂気さえ感じられるようになる。そのメロディー・ラインは、気の赴《おもむ》くまま乱暴に、挑発的な真似をしているように聞こえるのだが、よく聴くと底辺の部分では確実に、総合的に主メロディーに絡《から》みついている。決して基本スケールを外してはいない。聴いていて、「これって、まさにエリック・ドルフィーだよなあ」と思った。そしてその不協和性がピークに達したとき、そこには一種「物の怪《け》」がついたようなすごみさえ感じられるようになる。分裂的といえばいいのだろうか、意識と無意識の境目がだんだん見えなくなってくるところがある。しんとした夜の闇の中で、そのような音楽に耳を澄ませながら、土着の底力のようなものを痛いまでに肌に感じることになる。このような深みのある音楽にたまたま巡り会えたことは僕にとって、ラオス旅行でのひとつの収穫だった。

あとでホテルの人に聞いたことだが、このラウンド・ガムラン（インドネシアのそれとは違って、奏者のまわりを半円形に囲むような形になっている）奏者はラオスでも五指に入るその楽器の使い手であるということだった。かなりの年齢だと思うのだが、かくしゃくとしている。そして楽器を演奏していないときには、コミュニティーの中でシャーマン（呪術師）の役をつとめているという。なるほど、さもありなん、という印象はあった。音楽と呪術というのは、きっとどこかで根がひとつに繋がっているのだろう。

そのシャーマン兼ガムラン奏者は、僕がこのホテルを発つときに、まるで歌を歌うように長いまじないを唱えながら、僕の左の手首に白い布紐を、ブレスレットのように巻いてくれた。実際に巻いてくれたのは助手のおばあさん二人だが、彼女たちは音楽を演奏するときは、鐘みたいなものを叩きながら、バック・コーラスをつとめていた（ちょうどエリック・クラプトンのバックで歌う黒人女性コーラスみたいに）。色黒の痩せた小柄なおばあさんたちで、双子みたいによく似ていた。シャーマンは最後に僕に「これは旅路の無事を祈るしるしなので、三日間解いてはならんよ」と言った。紐は解こうにも解けなくて（どんな結び方をしたのだろう？）、その三日後に東京で鋏《はさみ》で切るしかなかった。そのあいだ僕はずっと、逃亡した動物みたいに手首に紐を巻きつけて、東京で暮らしていた。そして紐を見るたびに、ラオスのことを思い出した。

ルアンプラバンの街であなたがするべきことは、まず寺院を巡ることだろう。寺院ホッピング。そういうところは京都や奈良に行く場合と同じだが、この街は京都や奈良に比べると圧倒的に規模が小さいので、寺院巡りはそれほど骨の折れる作業ではない。どこだってだいたい歩いて行けるし、もし歩き疲れたら適当に、乗り合いの幌つき三輪《トゥクトゥク》タクシーに乗ればいい（音はかなりうるさいけど）。二日もあれば有名な寺院はす

ホテルでのラオス料理のディナー

べて見て回ることができるはずだ。故事来歴について細かい解説をしてくれるガイドのような人が一緒であれば、それは何かと便利だろうとは思うけれど、細かい歴史的事情や宗教的背景がそんなにわからなくても、ガイドブックを頼りに、自分一人でいろいろと想像を巡らせながら歩きまわっているだけで、けっこう楽しめます。というか、その方がむしろ自分のペースで移動できて都合が良いかもしれない。そこでいちばん大事なことは——僕の個人的な意見を言わせていただければ——とにかくゆっくり時間をかけることだ。

ルアンプラバンで歩いてのんびり寺院を巡りながら、ひとつ気がついたことがある。それは「普段（日本で暮らしているとき）僕らはあまりきちんとものを見てはいなかったんだな」ということだ。僕らはもちろん毎日いろんなものを見てはいるんだけど、でもそれは見る必要があるから見ているのであって、本当に見たいから見ているのではないことが多い。電車や車に乗って、次々に巡ってくる景色をただ目で追っているのと同じだ。何かひとつのものをじっくりと眺めたりするには、僕らの生活はあまりに忙しすぎる。本当の自前の目でものを見る（観る）というのがどういうことかさえ、僕らにはだんだんわからなくなってくる。

でもルアンプラバンでは、僕らは自分が見たいものを自分でみつけ、それを自前の目で、時間をかけて眺めなくてはならない（時間だけはたっぷりある）。そして手持ちの想像力をそのたびにこまめに働かせなくてはならない。そこは僕らの出来合の基準やノウハウを適当にあてはめて、流れ作業的に情報処理ができる場所ではないからだ。僕らはいろんなことを先見抜きで観察し、自発的に想像し（ときには妄想し）、前後を量ってマッピングし、取捨選択をしなくてはならない。普段あまりやりつけないことだから、初めのうちはけっこう疲れるかもしれない。でも身体がその場の空気に馴染み、意識が時間の流れに順応していくにつれて、そういう行為がだんだん面白くなってくる。

僕はルアンプラバンの街でいろんなものを目にした。寺院の薄暗い伽藍《がらん》に無数に並んだ古びた仏像や、羅漢像や、高名な僧侶の像や、その他わけのわからない様々なフィギュアの中から、自分が個人的に気に入ったものを見つけ出すのは、ずいぶん興味深い作業だった。ざっと見て通り過ぎれば、ただ「いっぱい仏像があるもんだな」で終わってしまうところだが、暇にまかせて、目をこらしてひとつひとつこまめに眺めていくと、個々の彫像にはそれぞれの表情があり、たたずまいがあることがわかる。

時折、まるで自分のためにこしらえられたような、心惹かれる像に巡り会うことがある。なぜか懐かしさに似たものを感じることさえある。そういう像に巡り会うと、「おお、こんなところにおまえはいたのか」とつい声をかけたくなってしまう。多くは塗料がはげ落ち、地肌が黒ずみ、隅っこが欠けたりもしている。中には鼻や耳がそっくりなくなっているものもある。しかし彼らは薄暗がりの中で文句ひとつ言わず、よそ見をすることもなく、雨期も乾期もなく、ただ静かにひっそりと時間を通過させてきたのだ。おそらく百年も、二百年も。僕はその中のいくつかの彫像と、問わず語らず、心を通い合わせることができたような気がする。そういう優しい親近感を与えてくれるところは、西欧の寺院とはずいぶん雰囲気が違うかもしれない。西欧の寺院には、見るものを圧倒し、荘厳な気持ちにさせようとするところがある。もちろんそれはそれで素晴らしいのだけど、でもラオスの寺院にはそういう「上からの圧倒的な力」みたいなものはうかがえない。

細かい事情はよくわからないのだが、ラオスの人々は何かがあると寺院に彫像を奉納するみたいだ。お金持ちは大きな立派な像を奉納するし、そうじゃない人たちは小さな素朴な像を奉納する。それがこの国での信仰心の発露であるみたいだ。だからとにかくたくさんの仏像・彫像が寺院に集まってくる。そしてよく探せば、その中にはどうしてかはわからないが、僕と個人的に結びついている（としか見えない）ものがちゃんと存在しているのだ。そして僕は自分自身のかけらみたいなものを、そこで——余った時間と自前の想像力をもって——ちょっとずつ拾い集めていくことができる。なんだか不思議な気がする。世界というのはとてつもなく広いはずなのに、同時にまた、足で歩いてまわれるくらいこぢんまりとした場所でもあるのだ。

ルアンプラバンの街の特徴のひとつは、そこにとにかく物語が満ちていることだ。そ

中庭を望むポーチでゆったりと読書

のほとんどは宗教的な物語だ。寺院の壁にはあちこちに所狭しと、物語らしき絵が描かれている。どれも何かしら不思議な、意味ありげな絵だ。「この絵はどういう意味なのですか？」と地元の人々に尋ねると、みんなが「ああ、それはね」と、進んでその物語の由来を解説してくれる。どれもなかなか面白い話（宗教的説話）なのだが、僕がまず驚くのは、それほど数多くの物語を人々がみんなちゃんと覚えているということだ。言い換えれば、それだけの多くの物語が、人々の意識の中に集合的にストックされているということになる。その事実がまず僕を感動させる。そのようにストックされた物語を前提としてコミュニティーができあがり、人々がしっかり地縁的に結びつけられているということが。

「宗教」というものを定義するのはずいぶんむずかしいことになるが、そのように固有の「物語性」が世界認識のための枠組みとなって機能するということも、宗教に与えられたひとつの基本的な役割と言えるだろう。当たり前のことだが、物語を持たない宗教は存在しない。そしてそれは（そもそもは）目的や、仲介者の「解釈」を必要としない純粋な物語であるべきなのだ。なぜなら宗教というのは、規範や思惟の源泉であるのと同時に、いやそれ以前に、物語の（言い換えれば流動するイメージの）共有行為として自生的に存在したはずのものなのだから。つまりそれが自然に、無条件に人々に共有されるということが、魂のためになにより大事なのだから。

僕はルアンプラバンの街の寺院を巡りながら、そんなことをあれこれ考えてしまった。思索というほどのことでもないけれど、頭がついそういうことについて思い巡らせてしまう。たぶん時間が余っていたからだろう。

横町にあるとても小さなお寺に入ったとき、そこに高僧にバナナみたいなものを恭しく差し出している小さなお猿の像があった。いや、バナナじゃなかったかもしれない。とにかく何かジャングルでとれる食べものだ。いずれにせよ、猿の像というのはあまり見かけないし、なかなか愛嬌のある可愛い猿だったので、地元の人に「これはどういう話なんですか？」と尋ねてみた。彼の話によれば、この高僧は密林の中で厳しい断食の修行をして、その甲斐あって、あともう少しで悟りを開いて、聖人の域に達するところだった。でも猿がこの姿を見て、「こんなお偉いお坊様がおなかをすかせて気の毒に」といたく同情し、バナナ（か何か）を持って行って、「お坊様、これを召し上がってください」と差し出した、ということだった。もちろん高僧は礼を言って、その申し出を丁重に断った。断食が何を意味するかなんて、猿には理解できないのだ（僕にもうひとつよく理解できないけど）。しかしけなげな猿ですね。それでそのお坊さんはちゃんと聖人になれたのか？　そこまで聞かなかったので、僕にはわかりません。

いずれにせよ僕はこの猿の像がことのほか気に入って、何度もその小さなお寺に足を運び、いろんな角度から猿の姿かたちを眺めた。たぶん時間が余っていたからだろう。

そのお寺ではいつも、二、三匹の大きな犬たちがあてもなくごろごろと昼寝をしていた。犬にもたっぷり時間があるようだった。

僕の会ったこの街の人々は誰しもにこやかで、物腰も穏やかで、声も小さく、信仰深く、托鉢する僧に進んで食物を寄進する。動物を大事にし、街中ではたくさんの犬や猫たちがのんびりと自由に寛《くつろ》いでいる。たぶんストレスみたいなものもないのだろう。犬たちの顔は柔和で、ほとんど吠えることもしない。その顔は心なしか微笑んでいるようにさえ見える。街角には美しいブーゲンビリアの花が、ピンク色の豊かな滝のように咲きこぼれている。

しかし一歩街の外に出れば、そこには泥のように濁った水が雄々しく流れるメコン川があり、夜の闇の中に響くラディカルな土着の音楽がある。黒い猿たちが密林を渉猟《しょうりょう》し、川の中には僕らが見たこともない不思議な魚が（おそらく）うようよと潜んでいる。ルアンプラバンの街の真ん中にあるプーシーの丘に登ると（328段の急な階段を歩いて上る必要があるが）、蛇行しながら緑の密林の間を流れるメコン川を遥かに望むことができる。ここから眺望する川は、岸辺から間近に見るときとは印象をずいぶん異にしている。夕日を受けて黄金色に輝くその流れは、人の心を美しく慰撫《いぶ》する。そこには時の流れが歩を緩めたような静けさがある。夕暮れが迫り、やがて仏塔の上に白い星が光り始める。魚たちも川の底で眠りに就こうとしている（もしメコンの魚たちが夜に睡眠をとるのであればだが）。

「ラオス（なんか）にいったい何があるんですか？」というヴェトナムの人の質問に対して僕は今のところ、まだ明確な答えを持たない。僕がラオスから持ち帰ったものといえば、ささやかな土産物のほかには、いくつかの光景の記憶だけだ。でもその風景には匂いがあり、音があり、肌触りがある。そこには特別な光があり、特別な風が吹いている。何かを口にする誰かの声が耳に残っている。そのときの心の震えが思い出せる。それがただの写真とは違うところだ。それらの風景はそこにしかなかったものとして、僕の中に立体として今も残っているし、これから先もけっこう鮮やかに残り続けるだろう。

それらの風景が具体的に何かの役に立つことになるのか、ならないのか、それはまだわからない。結局のところたいした役には立たないまま、ただの思い出として終わってしまうのかもしれない。しかしそもそも、それが旅というものではないか。それが人生というものではないか。

野球と鯨とドーナッツ

ボストン2

かつて住民の一人として日々の生活を送った場所を、しばしの歳月を経たあとに旅行者として訪れるのは、なかなか悪くないものだ。そこにはあなたの何年かぶんの人生が、切り取られて保存されている。潮の引いた砂浜についたひとつながりの足跡のように、くっきりと。

そこで起こったこと、見聞きしたこと、そのときに流行《はや》っていた音楽、吸い込んだ空気、出会った人々、交わされた会話。もちろんいくつかの面白くないこと、悲しいこともあったかもしれない。しかし良きことも、それほど好ましいとはいえないことも、すべては時間というソフトな包装紙にくるまれ、あなたの意識の引き出しの中に、香り袋とともにしまい込まれている。

僕が暮らしたのは実際には、ボストンとはチャールズ河を挟《はさ》んだ向かい側にあるケンブリッジ市だが、この二つの市は生活圏としてはほとんどひとつだ。実際の話、冬になれば河は凍結し、場所によっては歩いて渡れるくらいになる（そう言われても、なかなか歩いて渡る気にはなれないが)。

ボストンはチャーミングな都市だ。規模は大きすぎもしないし、小さすぎもしない。歴史のある街だが、決して古くさいわけではない。過去と現在がうまく棲み分けられている。ニューヨークほどの活力や、文化の多様性や、エンターテインメントの豊富な選択肢はないし、サンフランシスコのようなスペクタキュラーな眺望も持たないが、そこにはボストンでしか見受けられない独自のたたずまいがあり、独自の文化がある。ちょうどボストン・シンフォニーが、ほかのどのオーケストラとも違う特別な音を出すのと同じように(そういえば僕がそこに住んでいた頃は、小澤征爾さんがまだその交響楽団の音楽監督をつとめていた)。

ボストンでは、太陽の光り具合も他の場所とはどこか違うし、時間も特別な流れ方をしている。そこでは光はいくぶん偏《かたよ》りをもって光り、時間はいくぶん変則的に流れる……ように見える。

あまり美しくない話で恐縮なのだが、ボストン・レッドソックスの本拠地、フェンウェイ球場の近くにあるスポーツ・バーで、生ビール(もちろんサミュエル・アダムズ)を飲み、トイレに入った。すると小便器の中に、ニューヨーク・ヤンキーズのマークのついたプラスチック製消臭剤が置いてあった。「ここに小便をかけてください」というわけだ（いちおうかけましたが）。そういう土地柄なのだ。わざわざそういう消臭剤が作られ、堂々と市販されているのだ。考えれば考えるほどすごいなあ。そんなわけで、人はその一帯を「レッドソックス・ネーション」と呼ぶ。通りを歩いている人々のほとんどはレッドソックスのキャップをかぶっている。まるで信仰告白のように。夜になれば、あらゆる市内のバーでは、レッドソックスの試合中継が放映され、人々は大声を上げて一喜一憂している。

それではニューヨークで、人々はレッドソックスのマークに小便をかけているだろうか？　それはまずない、と思う。彼らはボストン市民がヤンキーズを目の敵《かたき》にするほどには、レッドソックスを特別視してはいない。そこにはかなりの心理的較差がある。ニューヨーカーにとって、ボストンはニューヨーク以外の「その他大勢」の街のひとつに過ぎない。しかしボストン市民にとってニューヨーク・ヤンキーズは……。そのあたりは阪神タイガースと読売ジャイアンツの関係に、かなり似ているかもしれない。

いずれにせよ、ボストンを――あるいはその重要な一部を――知りたければ、あなたはフェンウェイ球場に足を運ぶべきだ。もし運が良ければ切符が手に入るだろう。しかし残念ながら、フェンウェイ球場におけるほとんどすべての試合のチケットは、既に完売している。インターネットで切符を手に入れるという手もあるが、けっこうなプレミアがついている場合が多い。とにかく人気のある球場なのだ。とりわけヤンキーズ戦ともなれば、息を呑むような値段がつくことになる。僕には、年間シートを数席持っている素晴らしい知り合いが一人いたので、よくこの人のお世話になった。とてもラッキーだった。

試合観戦はむずかしいかもしれないが、球場の見学ツァーに参加することはわりに簡単にできる。この球場の匂いを嗅ぐためだけでも、このツァーに申し込む価値はあると思う。なにしろ今のところ、アメリカで最古の由緒ある野球場なのだ。この球場が新設され、最初の大リーグのゲームが開催されたのは今を遡《さかのぼ》る百年以上前、1912年4月20日のことである。しかし不運なことに、その数日前に豪華客船タイタニック号が沈没した。そしてその悲劇的な惨事のおかげで、記念すべきオープニング試合の新聞での扱いは、ずいぶんささやかなものになってしまった。本来であれば、堂々と一面を飾るべき大ニュースなのに……。レッドソックス関係者はそのことにがっかりしたし、それから一世紀を経た今でも、まだ延々と腹を立て続けている。なんでそんな特別な時期を選んで、わざわざろくでもない氷山にぶつからなくちゃならないんだ、と。

ろくでもない氷山。

ご覧になればわかると思うけど、フェンウェイ球場はあらゆる意味において普通ではない、風変わりな球場だ。大都市の真ん中にある狭い公園の中に、かなり無理をしてこしらえた野球場なので、何しろ窮屈にできている。そのいびつな形状、そのおかげで誕

ボストン・レッドソックスの本拠地、フェンウェイ球場

生したかの有名なグリーン・モンスター、古風な鉄骨（客席のあちこちに死角を作り出す）、フィールドの中にいくつもある塀のくぼみ（もちろんそこから数多くのイレギュラー・バウンドが生まれる）、高所恐怖症の人なら背筋が寒くなりそうな、絶壁のごとく切り立った二階席、ファウルボールが直撃する危険な内野席（バックネット以外にはフェンスというものがないので、ボールはがんがん客席に飛び込んでくる）。そういうクセのあるハード面に負けず劣らず、ソフト面もかなり風変わりだ。八回の裏に観客みんなで楽しく合唱するニール・ダイアモンドの古臭い（そして意味不明な）ヒットソング、扁平なかたちをしたホットドッグ、まるでアメフトのクォーターバックみたいにポテトチップスの袋を客に向かって遠くから正確にパスする売り子たち。しかしこの球場のそんな姿かたちや、風習や雰囲気にいったん身体が馴染んでしまうと、ほかの球場が味も素っ気もなく思えてくるから不思議だ。

もっと不思議なのはビール売り場だ。フェンウェイにはビールの売り子はいないので、もし飲みたければ――どうしたってビールは飲みたくなる――歩いて売り場に買いに行くしかない。そこで冷えたサミュエル・アダムズのドラフトを売ってくれる。それをこぼれないように注意深く手に持って席に戻る。ところがそのたびにしっかりIDの提示を要求される。僕なんかどうみても二十一歳以下には見えないと思うんだけど、それでもダメ。僕の知り合いで、よく一緒に試合を見に行くビルも、すでに齢《よわい》七十を迎えてい

アメリカ最古の球場のフィールド上で

るというのに（そしてきれいに禿げ上がっているというのに）、そしてこの球場に半世紀近く通って、ビール売りの人たちとも仲良しで、ファースト・ネームで呼び合うというのに、それでもいつもこまめにＩＤを引っ張り出して見せている。「どうしてなの？」とビルに尋ねると、首を振って、「さあ、よくわからんけど、昔からとにかくそうなっている」ということだった。そう言われて考えてみれば、ボストンには「よくわからんけど、昔からとにかくそうなっている」ということがけっこう多いみたいだ。そういうところもボストンという街の持ち味のひとつかもしれない。

そうそう、ダンキン・ドーナッツ・チェーンも、ボストン周辺で偏愛されるもののひとつだ。この街にも当然ながら数多くのスターバックスが存在する。しかし頑《かたく》ななボストン市民たちは（市民の大半は多かれ少なかれ頑なだ）、街角でふとコーヒーを飲みたくなったとき、スターバックスよりはダンキン・ドーナッツに入ることを好むようだ。たとえ男女店員の愛想がフレンドリーからはほど遠く、コーヒーの味がそれほど印象的ともいえず、椅子やテーブルや照明器具がミニマリズムの極致を競い、インターネット環境などという観念にろくすっぽ考慮が払われていないとしても、だ。それなのに、彼らはスターバックスよりは、ダンキン・ドーナッツの忠実な顧客であり続けることを好む。いったいどうしてだろう？　ビルに言わせればきっと、「さあ、よくわからんけど、昔からとにかくそうなっている」ということになるのだろう。
　ニューヨークに行けば、あるいは東京にいれば、僕だってちょくちょくスターバックスに入ってコーヒーを飲む。なにもスターバックスに個人的反感を持っているわけじゃありません。それは理解していただきたい。しかしボストンにいるときに限っていえば、僕の足はごく自然に、ダンキン・ドーナッツのロゴマークに向いてしまう。そこで顔をしかめながら熱いコーヒーを飲み、ドーナッツをかじり、ボストン・グローブを広げて昨夜のゲームの結果をチェックする。なぜならそこはなんといってもボストンであり、ダンキン・ドーナッツとは「ボストン・ステート・オブ・マインド（ボストン的な心のあり方）」の大事な一部であるからだ。だから「ホワイト・チョコレート・ウィンター・チャイのグランデ？　ふん」、ということについなってしまう。

　ケンブリッジに住んでいるときは、毎朝チャールズ河沿いを走った。川の畔は、冬には凍った雪にぶ厚く覆われ、走ることはほぼ不可能になる。しかしやがて春がやってきて、硬く地面にこびりついた氷がようやく解け、川縁に緑の草が芽を出す頃になると、カナダ雁（カナディアン・ギース）たちが空にV字型の隊形を組んで、南から戻ってくる。そして扁平な足で、川べりの道をうろうろと不器用に歩き回る。僕らは、そんな気の利かない雁たちを蹴飛ばさないように注意しながら、河沿いの小径を走らなくてはならない。僕らが一生懸命走るのと同じように（いや、もっと真剣にかもしれないが）、彼らも一生懸命そのへんの草を食べている。ふたつの違う種類の生き方が、チャールズ河沿いの遊歩道《ウオーキング・パス》で宿命的に交錯することになる。

雁たちの群れには交代で見張りが立つ。みんなが食事している間、二羽ほどが食べることを我慢し、首を見張り塔のようにすっと高く上げ、まわりを見回し、群れに害を及ぼすものがいないかどうかチェックしている。何か不審なものが近づいてくると、「くわ、くわ！」と鳴いて仲間に警告を発する。どういう手順でその見張り役が決まるのか、僕はよく知らない。リーダーが「おい、おまえ、やれよ」とか指名するのか、それともなんとなく自然に順番が決まっているのか？　そういうのもどこかで調べなくてはなと思いつつ、いつしか二十年がずるずる過ぎてしまった。二十年なんて本当にあっという間だ。

まあ、いいや。それが人生《セラヴィ》だ。

もしボストンでやることがなくなったら（野球も見たし、美術館にも行ったし、ハーヴァード大学も見物したし……）、そしてもしそれが晴れた、気持ちの良い春の日であれば、ホエール・ウォッチングに出かけるのも悪くない考えかもしれない。帽子と上着と水のボトルを持って、船に乗る。できるだけ早いめにボストン・ハーバーに行って、誰よりも素速く前方の席をとることが肝要だ。船の舳先《へさき》が最上席です。

僕はこのボートに乗って、初めて実物の生きた鯨を目にしたのだけれど、長く見ていても飽きないものです。こんな大きな図体の生き物が、その胃袋をいっぱいにするには、ずいぶん大量の魚を食べなくちゃならないんだなと実感する。鯨の一日はほとんどそっくり、捕食作業に費やされる。彼らは生きるために休む暇なく食べる、というか、休む暇なく食べるために生きる。マーラーのシンフォニーも聴かない。予約録画もしない。年賀状も書かない。ツイッターも、合コンも（たぶん）やらない。定期検診も受けない。もちろん小説も書かない。そんな余計なことをしている余裕は、鯨たちにはないから。

そんなわけで、船のデッキから鯨たちを見物しながら、僕は少なからず哲学的省察に耽《ふけ》らされることになる。宇宙的見地から見て、彼らの生き方と僕らの生き方との間に、本質的に、どれほどの差があるというのか？　ボストンの沖合で無心に鰯《いわし》の群れを追うことと、マーラーの九番を集中して聴くことの間に、どれほどの意味の違いがあるだろう？　すべてはひとつのビッグバンと、もうひとつのビッグバンとの間の、はかない一炊《いっすい》の夢に過ぎないのではないか。

見渡す限り何もない北大西洋上で、そういう壮大な省察にあてもなく耽りたければ、ホエール・ウォッチングはいち押しのお勧めです。もちろんそんなことどうでもいい、甲板で海風に吹かれ、鯨の黒い滑らかな身体が海に潜ったり、海面に出て潮を吹いたりするのをじっと眺めているだけでじゅうぶん楽しいんだ、という方にもお勧めです。

そして言うまでもないことだけれど、あなたがボストンに来るなら、新鮮な魚介料理を食べに行くことは、チェックリストのかなり上段に置かれるべき項目になる。とくに海沿いのノースエンドのあたりには、質の高いシーフード・レストランがずらりと軒を並べている。とくに貝類はこのエリアでのお勧めだ。クマモト・オイスターという小ぶりな牡蠣《かき》と、チェリーストーンという地元でとれる貝を、個人的には推奨します。何人かで行って、大皿にたっぷり注文するといい。テーブルに新鮮な潮の香りがぷんと漂う。そこにレモンを搾《しぼ》りかける。そしてきりっと冷えた「スタッグズ・リープ」のシャルドネを注文する。

昼下がりに時間をかけて、こんな食事を楽しんでいると、「人生のミステリーやら、この次のビッグバンやら、そんなものそのまま放っておけばいいじゃないか」という気がしてくる。

まあ、実際そのままにしておいていいのかもね。

白い道と赤いワイン

トスカナ（イタリア）

１９８０年代の後半に、断続的にではあるけれど二年か三年、ローマに住んだことがある。市内でアパートメントを借りて（少しでもましな環境を求めて、三軒ほど渡り歩いた）、そこで小説を書いていた。作家という職業のありがたい点はなんといっても、ペンと紙さえあれば世界中（だいたい）どこでも仕事ができることだ。パソコンもインターネットも携帯電話もフェデックスも、まだ一般的ではない時代だったから、日常的にいろいろと不便なことも多かった。郵便さえ満足に届かなかった。しかし不便さもいったん馴れてしまえば、そして「そういうものだ」と覚悟さえ決めてしまえば、まあそれなりに悪くないものだった。ローマで暮らしていると、日本は地球の裏側の、遥か遠い異国になってしまう。日本に残してきたいろんなものごとは、望遠鏡を逆さに覗いたときのように、小さく霞《かす》んでよく見えなくなってしまう。そういう土地で僕は集中して『ノルウェイの森』『ダンス・ダンス・ダンス』という二冊の長編小説を書き、一冊分の短編小説を書いた。

ローマに住んでいて何より楽しかったのは、ローマを出て行くときだった……というとローマに対して申し訳ないのだが、正直なところローマという都会は、観光客として見物するには美しいところだが、実際にはずいぶんざわざわとしていて、住宅事情も厳しく、落ち着いて暮らすのに適した環境とは言い難かった。でもいろいろと事情があり、ローマに居を構えることになった。だから僕は思い切って車を購入し、暇があればその混沌とした大都市を抜け出し、気分転換にイタリアの美しい田舎を気の向くままに旅行することにした。ランチア・デルタ１６００ＧＴは名デザイナー、ジウジアーロのデザインした美しい車で、乗っているだけで幸福だった。ハンドルを離すと勝手にどんどん左に切れていくし、据《す》え切りに怪力が必要で、マニュアルシフトのギアはしょっちゅう具合悪くなったけれど、それでも（なお）愛着の持てるチャーミングな車だった。イタリア車には――またイタリアという国そのものには――そういう魅力がある。その車でトスカナのなだらかな丘陵地帯をドライブするのは、ひたすら至福だった。

なぜトスカナ？　僕ら（僕と奥さんと）がしょっちゅうトスカナに行っていたのは、言うまでもなく、おいしいワインを買い込むためだ。トスカナの小さな町を巡り、その地元のワイン醸造所に寄って、気に入ったワインをまとめ買いする。そして町のレストランに入っておいしい食事をする。小さな旅館に泊まる。そういうあてもない旅を一週間ほど続け、車のトランクをワインでいっぱいにしてローマに帰ってくる。そして僕はワイン・グラスを傾けながら、またしばらく自宅の机に向かってこつこつ小説を書く。そういう生活を何年か続けていた。

素敵な生活だと思うでしょう？　うん、たしかに素敵な生活だった。実際にイタリアで生活していると、様々な現実的トラブルがほんとうに次々に——まるでロールプレイング・ゲームのように——襲いかかってくるのだけれど（いま思い出してもついため息が出る）、それを補ってもあまりある美しいものが、それらの日々には含まれていたような気がする。生きることの本来の自由さ、ひとことでいえばそういうことだろうか。それは日本にいてはなかなか味わうことのできない種類の自由さだった。

イタリアで書いた短編小説のひとつに、そんな地方都市旅行のエピソードを入れたことがある。主人公がルッカという、トスカナ北西部にある町で、高校時代の級友にたまたま再会する。ルッカは中世の城壁に囲まれた美しい町だ。そこでプッチーニが生まれ、チェット・ベイカーが麻薬所持で刑務所に入れられた（不思議な組み合わせ）。二人のかつてのクラスメートは思いも寄らぬ場所での再会に驚きつつ、レストランに入り、暖炉の火の前でポルチーニ料理を食べ、１９８３年のコルティブオーノの赤ワインを飲む。そしてあれこれ昔話をする。主人公が昔交際していた女の子の話題が出てくる。そこでちょっとした事実が明らかになる。たしかそんな話だ（もう二十年くらい読み返していないので、細かいところはよく覚えていないのだが）。コルティブオーノという固有名を出したのは、ローマに住んでいた頃、僕が実際にこのトスカナのワインを好んでよく飲んでいたからだ。

その作品が、日本で発表されてからしばらくしてイタリア語に訳され、このコルティブオーノをつくっているワイナリーの女主人であるエマニュエラ・ストゥッキ・プリネッティさんがたまたまそれを読み、ご親切にも、僕の東京の住所に１９８３年のコルティブオーノを何本か送ってくださった。「うちのワインのことを良く書いてくれてどうもありがとう」というメッセージをつけて。もちろんありがたく飲ませていただいた。１９８３年は、ベストとは言えないまでも、キャンティ・クラシコにとってはかなり良好な年だったらしい。

今回の取材で実に久しぶりにトスカナを再訪することになったので（それもワイナリーの取材で）、エマニュエラさんに手紙を出し、ひょっとしておたくのワイナリーを取材させていただくことはできないだろうか、と尋ねてみた。「どうぞいらしてください。喜んでお迎えします。宿泊設備もあるので、どうかうちに泊まっていってください。一緒に食事をし、おいしいワインを飲みましょう」という返事があった。まことに素晴らしい。

僕とカメラマンと編集者はフィレンツェの空港でレンタカーを借りた。エイヴィスに

トスカナ地方の典型的な風景

は「アルファロメオのミッドサイズを」というリクエストを前もって出しておいたのだが、実際に与えられた車はなぜかフィアットの５００Ｌという小型車だった。空港のレンタカー・オフィスでは、まあよくあることだ。「ディーゼルの１３００ですよ」とカウンターの女性は有無を言わせぬ乾いた声で告げた。「ディーゼルの１３００？」と僕は首をひねらざるを得なかった。だって大人三人とその旅行荷物と、おまけに撮影機材を載せて、１３００ccのディーゼル車でトスカナの山道を満足に走れるものだろうか？

でも結果的に言えば、このフィアット５００Ｌは思いのほか優秀な車だった。要するに新型チンクエチェントのストレッチ版なのだが、マニュアルシフトがかしいかしっと気持ちよく入って、こまめにギアを変えると、絶対的なパワーこそないものの、そこそこ面白く愉しく走れる。うんうん、やっぱりイタリアの道路はイタリア車だよなと感心しながら、曲がりくねったトスカナの未舗装路を走り回っていた。後ろからＢＭＷやメルセデスが迫って来ると、「はい、お先にどうぞ」と進んで道を譲っていたわけだが、それでも愉しさに変わりはない。鉄仮面みたいなドイツ車はさっさと先に行かせればいいのだ。

トスカナの未舗装路は「ラ・ストラーダ・ビアンカ（白い道）」と呼ばれるが、それにはもちろん理由がある。道路からは白く細かい砂埃がたって、そこを走っていると、半日で車が真っ白になってしまうからだ。石灰質がたっぷりと含まれた土地なのだ。だからその辺に駐車している車もどれもみごとに真っ白だ。洗車なんかしたって、どうせあっという間にまた真っ白になってしまうし、だいたいみんな白いままにしてある。そういう光景もまたトスカナらしくて素敵だ。そしてそのような独特の土壌が、良質なサンジョヴェーゼ種の葡萄と、オリーブの実を美しく実らせるのだ。

エマニュエラさんの所有するワイナリー、「バディア・ア・コルティブオーノ」はキャンティ・クラシコ地区の南部に位置する、標高650メートルの山の中にある。高名なキャンティ地区にあっても、もっとも本格的なワインがつくられている、まさに心臓部とも言うべき地域だ。この建物はもともとはメディチ家の庇護を受けた大きな修道院であったのだが、ナポレオン戦争の前後にかけて没落し、民間の手にわたり、ワイナリーに改装された。それが1846年のことである。それ以来延々とここでワインが作り続けられている。でも地下の暗いワイン庫にずらりと年代順に並んだワインの瓶は、いちばん古いものでも1937年だ。どうしてですか、それ以前の年のものは保存していないのですか、と尋ねると、エマニュエラさんは少し暗い、でもあきらめたような顔をして、「それより古いものは、占領軍の兵隊たちがみんな飲んでしまったのです」と言った。ドイツ軍だか、アメリカ軍だか、どちらかは聞かなかったけれど（両方かもしれない)、どこでもいつでも戦争ってほんとにはた迷惑ですよね。もっともこのあたりの土地は遥か昔から、シエナとフィレンツェという二つの大きな都市の激しい勢力争いの場となり、そのたびに巻き添えになって大きな被害を受け続けてきたので、ある程度戦争慣れしているのかもしれないけれど。

そのワイン庫の棚からエマニュエラさんは、僕の生まれた年である1949年もののワインのボトルを取り出し、特別にプレゼントしてくれた。長い歳月——それは要するに僕の年齢分なのだが——を経るうちにほこりだらけ、黴《かび》だらけになったボトルだけど、そこには歴史の重みみたいなものが感じられる。大事に東京まで持ち帰った。嬉しいのと同時に、こんな貴重なものをもらって、いったいいつ、どんなオケージョンで開ければいいのだろうと、わりに真剣に悩んでしまう。でもまあ、ぼちぼちと考えます。何かそのうちにきっと素敵な機会が巡ってくるに違いない。ちなみに1949年はワインにとってけっこう優良な年であったらしい。よかった。もしとんでもなく不作の年だったりしたら、僕としてもがっくり気落ちするところだった。

その夜はオープンファイアの暖炉で、高名なキアーナ牛の骨のついた大きな塊を丸ごとローストしたものをごちそうになった。かの「ビステッカ・アラ・フィオレンティーナ」だ。中身がしっかりと赤いまま、大きな鋭いナイフでさくさくと切り分けられて皿に盛られる。そして土地でとれた新鮮な野菜やキノコ。エマニュエラさんと、ボローニ

1949年のヴィンテージ・ワイン

ャの大学で映画学を勉強している彼女のハンサムな息子のレオナルドくんと(僕らは食事をしながら映画の話をした)、物静かなラブラドルのトレンディーくんも一緒だった。しんと静まりかえったトスカナの山中、外はもうすっかり漆黒の闇に包まれている。そして高いアーチ状の天井の下、宗教的な壁画に囲まれた元修道院の一間で、じゅうじゅうという肉汁が火に垂れる音を聞きながら、深い陰影を持つコルティブオーノのグラスを傾けていると、まるで歴史の流れに混じり込んでしまったような、なんともいえず静謐《せいひつ》な気持ちになれた。

このあたりには豊かな自然がまだいたるところに残っている。「このあいだ近くの森を散歩していたら、狼に出会ったのよ。しょっちゅうはないことだけれど」とエマニュエラさんは言っていた。だから家の周りを散歩をするときにも、犬のお供は欠かせない(バンダナを巻いて青山通りあたりを歩いているラブラドルとは役目がずいぶん違う)。僕らがすぐ近くの道路を車で走っているときも、目の前を真っ黒なイノシシの一家が横切っていった。まず両親が道路をさっさと急いで横切り、そのあとを数匹の子供たちが必死に、転げんばかりにして走ってついていった。そんなユーモラスな姿を、車の中から見物しているぶんには楽しいけれど、もし森で急に出会ったりしたら、それはかなりおっかないだろうなと想像する。ちなみにイノシシ(チンギアーレ)料理もトスカナの名物料理のひとつである。このような地元で獲れた新鮮な食材をつかったジビエ料理には、きりっと濃厚なキャンティ・クラシコがよくあう。少しきつめのタンニンの後味が、ジューシーな肉汁とまったり調和する。そうか、キャンティ・ワインというのは本来、このような郷土料理と一緒に愉しむべき酒なのだなと、あらためて納得した。この地方で産出されるワインのほとんどが赤ワインである理由も理解できる。
エマニュエラさんはかのメディチ家の血をひいているということで、風貌もたたずまいも、どことなく貴族的な雰囲気のある方だった。進取の気性にあふれたワイン醸造家でもある。日本が好きで、何度も訪れたことがあるということだった。

キャンティ地区を時間をかけて、気ままにドライブして回るのは素晴らしい体験だ。いささか大げさな言い方をすれば、その体験はあなたの人生におけるひとつのハイライトになり得るかもしれない。なだらかな南向きの丘陵に沿って、まるで海原がゆったりとうねるように葡萄畑が広がっている。くすんだ色合いのオリーブの木立も見える。日差しはどこまでも温和で、いつもやわらかく淡い霞《かすみ》のフィルターがかかっているように見える。赤い煉瓦造りの建物と、まっすぐな緑のイトスギと、曲がりくねった白い山道。山の上にはところどころに古い城や、いかにも由緒ありそうなヴィラが散見される（そこにはいったいどんな生活があるのだろう?）。優しく、たおやかな光景だ。その調和のある整った美しさを損なうようなものは、ほとんどどこにも見当たらない。コンビニの看板もなければ、プレハブ住宅もない。山の中なので、比較的気温が低く、日照もそれほど強くはないが、そのような控えめな気象条件の中で、ゆっくりと物静かに、時間をかけてサンジョヴェーゼ葡萄が育っていく様子が、畑の連なりを眺めているだけで目に浮かぶ。

このあたりの豊かな独特の風景をできるだけ広く、遠くまで見渡そうと思ったら、カステッロ・ディ・ブローリオ（ブローリオ城）に行くことをお勧めする。小高い丘の上に建てられたこの堅固きわまりない城——ここを攻め落とすにはずいぶん時間と手間がかかったはずだ——の物見台から、あなたはキャンティ・クラシコの心臓部を目の前にすることができる。葡萄畑の広大な海原、豊かな緑の森、そこに散らばった小さな美しい村々、そんな風景が壮大なパノラマとなって、見渡す限りに続いている。

そういえば、エマニュエラさんがこんなことを言っていた。「トスカナの土地がワイン造りの場所として優れているのは、森と葡萄畑が混在しているところにあります。森が葡萄畑に豊かな滋養を与えてくれる。それがとても大事なことなのです。葡萄畑しかないようなところでは、知らず知らず地味が痩せていくのです」と。ブローリオ城の上からトスカナの土地を見渡していると、彼女の言ったことがすんなり腑に落ちる。ただ見ているだけでも、森と畑が互いを助け合っている様子が、感覚としてわかる。ワインというのは、その土地の固有性が生み出す自然な雫《しずく》なのだということが実感できる。

このあたりは粘土と石灰が混じり合った独特の土壌で、ちょっと地面を掘ると、びっくりするほど大きな石がごろごろと出てくる。そういう石が山のように積み上げてある光景をあちこちで目にした。ほとんど葡萄とオリーブしか育たないような土地だが、そのかわり葡萄とオリーブはどこよりも、この上なく美しく育つ。10月の初めに葡萄のとり入れが終わると、すぐにオリーブのとり入れが始まる。人々は秋には忙しくて、ほとんど休む暇もない。しかし11月に入ればすべての作業は終了し、次の春が到来するまで、トスカナの人々は長い冬をゆっくりと暖炉の前で、おそらくはトスカナ・ワインのグラスを傾けながら過ごすことになる。猟銃を手に、森の中にイノシシ狩りや鳥撃ちに出かける人もいるかもしれない。人々のそんな暮らしぶりが、目の前に浮かんでくる。

ブローリオ城のかつての持ち主であったベッティーノ・リカーゾリ男爵は、イタリア王国の第二代首相にまでなった歴史的人物だが、ワイン醸造にもずいぶん真剣に情熱を燃やしていたようで、1872年に「これからキャンティ地方のワインは、みんな揃って、こういう配合でつくることにしよう」という重要な決定を下した。つまりこの地域のワインのあり方を明瞭に数値化し、方向性を定めたわけだ。彼のそのような勇断のおかげで、今日のキャンティ・ワインの名声はあると言ってもいいくらいだ。それにしてもイタリア人の意見（何はなくとも意見だけは豊富に持ちあわせている人々だ）をひとつにまとめ、ルールを厳格に定め、みんなにそれをきっちり守らせるなんて、僕に言わせれば、実に奇跡に近いことである。よほど人格の優れた人だったのだろう（あるいはよほど口がうまかったか、それともおっかなかったか）。

サンジョヴェーゼ70パーセント、カナイオーロ20パーセント、白ワインのマルヴァジア・デル・キャンティが10パーセント、というのがバローネ（男爵）の定めた比率だ。その配合によってサンジョヴェーゼ特有のタンニンの強さが適度に和らげられ、そこにフルーティーな味わいが生まれ、ぐっと飲みやすくなった。それがつまり長年にわたって「キャンティ」の味となってきたわけだ。「男爵さまはやはり偉いだ」と僕もついトスカナ農民風に訛《なま》りながら、深く感心してしまうことになる。

もっともその厳しく定められた配合比率は、近年になって大きく崩れてきた。一世紀以上前の古い規則にがちがちに縛られたくない、自分たちの理想とするワインを自由に作りたい、もっといろんな味わいのワインがあっていいじゃないかという、意欲的な地元のワイン醸造家が増えてきたからだ。このような革新派と守旧派のあいだであれこれおきまりのトラブルはあったものの、一連の前向きの変革のおかげで、キャンティ・ワインの質はぐっと向上したと言ってもいい。今では白ワインを加えることはほとんどなくなってしまった。サンジョヴェーゼ１００パーセントというワインも少なからずある。いわゆる「ビオ・ワイン（自然無添加ワイン）」もひとつの大きな流れとなっている。

しかしその配合の割合はだいたい同じでも（細かいプラス・マイナスはともかく、サンジョヴェーゼ葡萄が圧倒的主体になっているという事実には何の変わりもない)、ひとつ山を越えれば、ワインの味わいは驚くほど違ってくる。そういう数値では測れない個性の微妙な違いも、キャンティ・クラシコの不思議というか、ひとつのチャーム・ポイントになっている。イタリア人は一般的に、自分の生まれ故郷をほとんどピンポイントで語り、「ひとつ山を越えれば、人相もしゃべり方も人となりもまったく違うんだよ」とよく言うが、ワインにもそれと同じことが言えそうだ。そういうひとつひとつの町の「人となり」を探りながらゆっくり移動していくことも、トスカナ旅行の愉しみのひとつかもしれない。

そのようにして、ガイオレ・イン・キャンティ、ラッダ・イン・キャンティ、カステッリーナ・イン・キャンティ……そんなトスカナの町のちょっと不思議な名前の響きが(どれも古い城壁を持つ美しい町だ)、なぜか頭を離れなくなってしまう。日本に戻ってからも、そんな名前を目にし、耳にするだけで、その場所の風景や、そこで飲んだワインや、名も知れぬレストランで出された料理がありありと思い出される。そして「ああ、またあそこに行かなくちゃな」と思う。今度こそアルファロメオを借りなくてはな、と。

それを「トスカナ熱《フィーヴァー》」と僕は個人的に勝手に名付けているのだが。

漱石からくまモンまで

熊本県（日本）1

1　どうして熊本なのか？

熊本ではほぼ毎日のように雨が降っていた。豪雨というほどの降りではなかったが、なかなか降り止まなかった。でもなにしろ訪れたのが梅雨のまっただ中だから、いくら雨が降っても文句は言えない。ちょうどせっせと田植えがおこなわれている時期だ。雨がしっかり降ってくれないと農作業に差し支えるし、僕としても（一人のまずまず健全な日本国民として）雨降りを「天からの恵み」として甘受するほかはない。そしてまた、おそらくはそんな雨降りのおかげで、熊本の街は見事に鮮やかな緑に染まっていた。東京から来ると、都市でありながら、いたるところにふんだんに緑が溢れていることにまず感心してしまう。あちこちに咲き乱れているカラフルで大振りな紫陽花《あじさい》にも、そしてまた街の中を流れる川の多さにも。阿蘇の山並みに源流を持つそれらの川は、有明海へと足早に向かう濁り水でずいぶん増水していたが、そのきっぱりとした潔いまでの流れっぷりには独特のものがあり、橋の上からじっと眺めていると「ああ、けっこう遠くまでやってきたんだな」という軽い感慨に打たれることになった。川だって、場所によってそれぞれ固有の流れ方があるのだ。

このような時期を選んで、僕が熊本にやってきた第一の理由は、「東京するめクラブ」のリユニオン（同窓会）をおこなうことにあった。ご存じない方のためにいちおう説明しておくと、「東京するめクラブ」というのは、吉本由美さんと都築響一くんと僕とが作っていた「カルチャー体験隊」のようなもので、三人でいろんなところに行って、いろんなものを目にしたり耳にしたりして、それぞれに原稿を書く（あるいは写真を写す）というのがその主要な活動だった。僕がいちおう名義上、隊長のような役をつとめていた。雑誌で不定期連載を持っていて、三人で熱海からサハリンまで様々な場所を旅した。その結果は『地球のはぐれ方』という本に収められている。

吉本さんはそもそもスタイリストの元祖のような人だし、都築くんは怪しいものならなんでも好きな編集者にして、木村伊兵衛賞をとった写真家だし、僕はもともと好奇心の旺盛な小説家だし、それぞれにちょっとずつ違うこだわりみたいなものを持っていて、この組み合わせはなかなか面白かったし、三人一緒にいろんなところを探訪するのはいつも変わらず楽しかった。

橙書店の看板猫・しらたまくん

でも吉本さんが諸々の事情により、東京の住まいを引き払い、故郷の熊本に戻って「悠々自適」(チェロの練習と園芸)に暮らすことになり、「東京するめクラブ」は自然解消してしまった。それが四年前のことだ。それ以来、一度熊本に吉本さんを訪ねて行かなくちゃなと思っていたのだが、ちょうどこの6月にたまたまそういう機会ができて、都築くんに「一緒に行かない?」と声をかけると、「いいですねえ。行きましょう」という返事がすぐに戻ってきた。というわけで、梅雨のまっただ中に熊本市内で、めでたく「東京するめクラブ」のリユニオンがおこなわれることになったわけだ。「熊本の梅雨は長くてきついよ」と吉本さんが前もって忠告してくれたが、そう言われてもその時期以外にうまくみんなの都合がつかなかったので。

2　橙書店のしらたまくん

僕が熊本に来るのは、かれこれ四十八年ぶりだ。この前「来熊」(らいゆうと読む。熊本の人々はなぜかこの言葉をよく使う。他県の人にはまず読めないだろうに)したのは1967年、僕はまだ十八歳で、高校を出たばかりだった。予備校にも行かず、これという行き場もなくて、ただふらふらしていた。大学にも行かず、ある日なんとなく旅行に出たくなって、神戸港からフェリーに乗って別府まで行き、そこからバスで阿蘇を越え、熊本まで行った。熊本でお城を見物して、あてもなく街を歩き回り、ほかにやることがないので映画館に入って映画を見た。『栄光の野郎ども（The Glory Guys）』という西部劇で、サム・ペキンパーが脚本を書いたことで有名な作品だが、当時の僕はサム・ペキンパーの名前なんて知らない。「けっこう面白かったな」と思って映画館を出ただけだ。夜の通りを歩いていると女の人に声をかけられたけど、おっかなかったので（なにしろまだ生真面目な十八歳だから）、知らん顔をしてそのまま歩いて行ってしまった。熊本に関して覚えているのはだいたいそれくらいだ。そのあと長崎に寄って、だんだんお金がなくなってきたので家に帰った。生まれて初めて体験する長い一人旅だった。一人で知らない土地を旅していると、ただ呼吸をし、風景を眺めているだけで、自分が少しずつ大人になっていくような気がしたものだ。

さてそれから四十八年ぶりに――このたびはしっかりトシをくった大人の作家として――熊本にやってきたわけだが、着いた翌日に市内の「橙書店《だいだい》」で朗読とトークをやった。日本で朗読みたいなことをやるのは、考えてみれば１９９５年以来だ。そんな久しぶりの朗読の場所にこの小さなインディペンデント書店を選んだのは主に、有名な看板猫である「しらたま」くんに会いたかったからだ。吉本さんの便りによればしらたまは可愛くて愛想の良い、とてもよくできた真っ白な雄猫で、遠路はるばる飛行機に乗って見に来るだけの価値はあるということだった。「橙書店」はぎゅうぎゅうに詰め込んでも30人くらいしか人が入らないような、限られたスペースの店だが、僕としてはむしろそれくらいのサイズの方が気楽でいいかもしれない。前の月にニュージーランドで2000人の人を前に話したが、これはけっこう大変だった。30人くらいでちょうどいい。

実際に会ったしらたまは（自宅から店まで、毎日ご主人と一緒に車で出勤してくる）、話に違わず実に愛くるしい猫で、僕も思わずめろめろになってしまった。たしかにこんなよくできた猫はなかなかいないだろう。しらたまくんを目当てに店を訪れる人も少なくないようで、文字どおりの「招き猫」になっている。おとなしく賢い猫なので、売り物の本に爪を立てたりするようなこともない。

「橙書店」は「玉屋通り」という賑やかな通りの真ん中にあり、まわりには200円バー（飲み物は200円から、フード持ち込み自由、チャージなし……商売になるのか？）とか小さな鮨屋なんかがあって、書店がありそうな場所にはあまり見えないのだが、そういうところもインディペンデントっぽいというか、「らしくなく」てかえって好ましいのかもしれない。オーナーの田尻久子さんがこの店を開いたのは2001年のことで、最初は「オレンジ」という名前のお洒落な雑貨店兼カフェだったが、やがて隣の店舗も借り増しして、念願の書店「橙書店」をあわせて経営するようになった。自分の気に入った本しか置かないいわゆる「セレクト・ショップ」で、自己啓発本なんかは一冊も置いてない。月に一度くらいのペースで、こういう朗読会のようなイヴェントを

夏目漱石の旧居。執筆していたとされる部屋

開催する。商売としてはなかなか簡単ではなかろうと推察するわけだが、しらたまくんの手助けや（文字どおりの猫の手）、熱心な顧客の応援もあって、熊本カルチャーの一翼をしっかりと元気に担っている。

僕はこの夜、『ヤクルト・スワローズ詩集』という短篇小説（みたいなもの）を朗読した。この作品の一部は「ヤクルトスワローズ・ファンクラブ」の会報に掲載したんだけど、全文をきちんと人前に出すのはこの夜が初めてで、いちおう「本邦初公開」ということになった。どちらかといえば軽い気持ちですらりと書いたものだし、そんなたいしたものでもないんだけど、楽しんでいただければなによりです……みたいなゆるやかな展開になる。朗読のあとで、「東京するめクラブ」の三人でカジュアルなトークをやって、何やかやそれなりに充実した熊本の夜になった。そのうちにまたしらたまくんに会いたいな。一杯200円から飲める隣のバーにもちょっと興味があるし。

3　漱石の住んだ家・芭蕉の木

熊本市内で夏目漱石が最後に住んでいた家が、ほとんどそのままのかたちで残されているという話を耳にして、機会があれば一度見てみたいと思っていたのだが、現在の所有主の許諾が得られたので、ありがたく拝見させていただくことにした。漱石がこの北《きた》千反畑町《せんだんばたまち》の家に住んでいたのは、明治33年（１９００年）の四ヶ月で、当時彼は熊本五高の教師をしていた。月給は１００円で、これは当時としては破格のものだったが、本人は地方で教職についていることがもうひとつ面白くなかったらしく、そのせいもあってか、熊本時代の漱石は一箇所に腰が落ち着かず、四年三ヶ月のあいだになんと六回も転居を繰り返した。そしてこの家に落ち着いてしばらくしたところで、お国から英国留学の命が下り、彼はそれを機に熊本をあとにすることになる。

家が建てられたのは明治33年だから（つまり漱石は新築間もない貸し家に入居したわけだ）、それからもう百二十年近くも経過しているわけだが、今でもしっかり現役の住居として使用されている。庭には漱石が住んでいたときと同じように、大きな芭蕉の木が枝を広げている。芭蕉は毎年夏になると根本まで木を切ってしまう。でもすぐに大きく繁る。毎年それが繰り返される。まさか今ここにあるものが、漱石の眺めていたのと同じ芭蕉の木だとは思えないけれど、ひょっとしたらそうかもしれないと思いたくなるようなたたずまいが、そこにはある。人はやってきて去っていくけれど、樹木はそんなことには関係なくそこに根を張り、留まっている。切られてはまた枝を伸ばし、切られてはまた枝を伸ばす。

当時の家にしては珍しく二階建てだ。恐ろしく急な狭い階段を上っていくと（降りるのはかなり怖い）、がらんとした広い座敷があり、そこが書斎のようになっている。文《ふ》机《づくえ》のほかに家具はほとんど置かれていない。一階で繰り広げられる日常的家庭生活から切り離された、ぽんと独立した空間がそこにある。窓の近くに置かれた机の前に座ると、芭蕉の繁った庭が見下ろせる。そこに静かに長雨が降り続いている。漱石は熊本時代に住んだ何軒かの家について、いかにも神経質にあれこれ文句ばかり書いているが、この最後の住居についてはある程度満足していたように見受けられる。それはあるいは、二階のこのひっそりとした書斎で、家族から離れて一人静かに思索に耽《ふけ》ることができたからかもしれない。

　市内にある家だが、耳を澄ませても騒音みたいなものはまるで聞こえない。耳に届くのは微かな雨だれの音だけだ。時間が百二十年前に逆戻りしてしまったような不思議な、そして親密な感覚がある。漱石先生はどんな思いを持って、この書斎で一人の時間を過ごしていたのだろう？　たぶんいろんな悩みや鬱屈があり、いろんな夢があったのだろう。鏡子夫人はその二年前に市内を流れる白川に身を投げて、投身自殺をはかっている。そのとき彼女はまだ二十一歳だった。幸い居合わせた漁師に助けられ、一命は取り留めたが、夫婦のあいだに傷は残った。詳しい事情はよくわからないが、何はともあれそう簡単な人生ではなさそうだ。

　この家屋は現在、所有主の親戚筋にあたる姉妹（八十一歳と七十五歳、近所に住んでいる）が面倒を見て、ずいぶんきれいに維持管理されているが、さすがに雨漏りなどもあって、いつまでそれが続けられるかもわからず、地元の文化団体が購入を検討しているらしい。せっかくここまでしっかり保存されてきたのだから、うまく存続できるといいのだけれど。

4　お城のまわりを走る

熊本城のまわりを走ろうと思って、ランニング・シューズをバッグに詰めてきたのだが、あいにく雨が降り続いて、なかなか外に出ることができなかった。でも土曜日の朝の六時前に目を覚ましたら、実に久しぶりに雨が降っていなかった。厚い雲がぴったり空を覆ってはいるものの、道を行く人は誰も傘をさしていない。「よし、今のうちに走らなくちゃ」と、急いでランニング・ウェアに着替え、道路に出た。お城のまわりを走るのはずいぶん気持ちが良かった。信号につかまらないのが何よりありがたい。湿度が高く、少し走っただけでぐっしょり汗をかいてしまったけれど。

ただひとつ、道ですれ違う市民の大半が、「おはようございます！」と明るく大きな声をかけてくるのには、少しばかり戸惑った。もちろんフレンドリーなのは何よりだし、そんな風に温かく迎え入れられることについて、訪れる旅行者として文句をつける筋合いはまったくないわけだが、でも挨拶されるたびに、礼儀としていちおう返事をしなくてはならないし、いちいち「おはようございます！」と大きな声で返事をしていると、考えごとができなくなる。僕はのんびりと考えごとをしながら走るのが好きなので（まあはっきりいって、ろくなことは考えてないんだけど）、この「おはようございます！」攻勢には正直なところ、ちょっと閉口したかもしれない。これまで世界中のいろんな街を走ってきたけど、こんなに頻繁に人々に通りで挨拶をされるようなことはなかった。ギリシャの島ではときどき「ちょっと休んでお茶でも飲んで行きなさいな」と村人に声をかけられたけど、それでもこれほどたくさん挨拶はされなかった。熊本という街には「明るい朝の挨拶」を住民のあいだに喚起するような、固有の風土が存在するのだろうか？　それとも「みんなで明るくおはようと声をかけ合おう」という市民運動でも繰り広げられているのだろうか？

それはそれとして、お城のまわりを走るのはなかなか楽しかった。熊本城はとても美しく、そして心温かく保存された城だ。市民みんなが城を大事にしているという印象がある。お城は地勢的にも精神的にも、その昔から今に至るまで、熊本という街の中心をなしているし（まるで心臓のように）、人々は日々の生活の中にお城の存在をうまく組み込んでいるように見える。今回は時間がなくて天守閣までのぼらなかったけれど、朝の一時間ばかり、まわりをぐるりと走っただけで、そういう自然で親密な雰囲気が感じ取れた。どこからでもお城が見える生活というのは、素敵なものかもしれない。カフカの『城』みたいに「見えるけど行き着けない」ということもないみたいだし。ちなみに熊本市には「お城の周りでは、石垣より高い建物を建ててはいけない」という条例があるそうで、それは素晴らしいことだと思う。ハワイのカウアイ島には「椰子の木より高い建物を建ててはいけない」という条例があったけど、それに似ているかも。このままいつまでも、「城下町」のゆったりとした時間性みたいなものを失ってほしくないなと、旅行者としては望んでしまうことになる。

5　万田坑に行ってみる

「世界遺産登録」がうまくいくかいかないかで、このところ何かと話題になっている「万田坑《まんだこう》」を見学に行ってきた。万田坑というのは、熊本県北部の荒尾市にある炭鉱施設の跡である。一時は繁栄したが、今ではもう採掘されておらず（石炭の需要が少なく、採掘コストがかかりすぎる）、無人のまま取り残されている。実を言えば、僕としては世界遺産にも炭鉱にもおおむね興味がないんだけど、僕に興味がないものを片端からパスしていたら、中身のある旅にはとてもならないし、こういう旅行記事だって書けなくなってしまう。だからがんばって見に行ってきました。でも結果的にはけっこう面白かった。

万田坑は熊本県とはいっても、実際には三池炭鉱という巨大鉱脈の一部なので、ほとんど福岡県との県境にある。施設の一部は大牟田市に属しているくらいだ。要するに、たまたま鉱脈の上に県境の線が人為的に引かれていたというだけのことで、炭鉱にしてみれば、属する先が熊本県だろうが福岡県だろうが、「そんなこと、おれっちには関係ねえや」という感じでそのへんにごろんと寝そべっているわけだが、行政的見地から見れば、いちおう万田坑は熊本県の管轄下に置かれている。そんなわけで、我々は熊本探訪の一環として、万田坑を訪れることになった。

熊本市内から、荒尾市まではけっこう道のりがある。そのあいだ車の後部席から外を眺めていてわかったのは、熊本県にはなにしろ山が多いし、そこに樹木がいっぱい生えているということだった。そのあいだを縫うように川もたくさん流れている。「ううむ、日本にはまだまだずいぶんたくさん木が生えているんだなあ」とあらためて感心した。山のないところには田んぼがいっぱいあって、どこでも忙しく田植えがおこなわれている。みんな懸命に働いているのだ。僕も怠けず、しっかり働かなくては。

それから熊本県では、たいていの家屋は立派な瓦屋根を持っていることが判明した。あまり意識したことはなかったが、考えてみれば東京都内では最近、瓦屋根というものをとんと見かけなくなってしまった。瓦屋根があるとないとでは、ずいぶん風景の印象が違うものだ。あと、荒尾市までの路上では、ポルシェとかフェラーリとかメルセデス

Sクラスとかとは一度もすれ違わなかった。かわりに軽自動車がとても多かった。道路はおおむね滑らかで振動もなく、おかげさまで気持ちよく眠れた。熊本県の道路事情はなかなか悪くないようだ。季節柄つばめがたくさん低空を飛んでいて、それは僕にヤクルト・スワローズの命運についていろいろと考えさせることになった。熊本までやってきて、ヤクルト・スワローズのことを考えたってしょうがないんだけどね（広島ファンも、鯉を見るたびに広島カープのことを考えるのだろうか？）。

さて、万田坑に着いてまず最初に目を惹かれたのは、そこにある煉瓦造りの建物が完璧に西欧風であったことだ。ほとんど廃墟みたいな格好で、何もないがらんとした草むらの中に淋しく建っているのだが、たたずまいがお洒落に英国風なので、なんだかディッケンズの小説に出てくる風景のように見えなくもない。どうしてかと思って案内のおじさん（初期高齢者）に尋ねてみると、それはね、ここに最初に置かれた機械類がぜんぶ英国製だったからだよ、と親切に教えてくれた。明治初期、炭鉱技術に関しては英国が世界で最先端の技術を誇っていた。だから英国から機械一式を輸入したわけだが、そんな機械一式を収めるための施設・建物も、当然のことながらそっくり英国製にせざるを得なかったわけだ。きっと英国から送られてきた設計図に忠実に従って煉瓦を積み、アーチ型の窓をあつらえ、建物をきっちりオリジナルどおりにこしらえたのだろう。まさかひとつひとつの煉瓦まで英国から運んできたわけではなかろうが、いずれにせよ実に本格的な建造物だ。だからこそ今まで、まわりのほかの建物が崩れてしまっても、しっかりとここに存続しているのかもしれない。

建てられた当時はきっと、人々はこの建物を見上げ、その異国風の壮麗さに感服したはずだ。新しい煉瓦は艶やかに輝き、窓ガラスは誇らしげに陽光を反射し、建物の中では最新式の機械が盛大な唸《うな》りを立てていたに違いない。当時の人々の目には、それはまさに日本近代化の象徴みたいに映ったはずだ。でも今では荒れ地に残された、ただの廃墟に過ぎない。そのまわりには赤く錆びたトロッコ用の線路が巡らされている。緑の雑草が梅雨時の雨を豊かに受け、歴史なんぞとは無関係に、至るところでその領地を増やそうとつとめている。花は不思議なくらいどこにも咲いていない。ただ雑草があるだけ。

建物の中にはまだ当時の機械がほぼそのままに据え付けられている。炭鉱が廃鉱になったのは１９９７年のことだが、それらの機械類はそれ以来ずっとここに残されて、何をするともなくのんびりと惰眠をむさぼっていることになる（言うまでもなく、それは機械の責任ではない）。万田坑は国の重要文化財に指定され、いちおう観光スポットみたいにはなっていたものの、見たところ、これまでそれほど熱い注目を受けていたわけでもなさそうだ。それが出し抜けに「世界遺産（になるかもしれない）」という脚光を浴びせられ、急激な展開にいささか戸惑っているようにも見えた。すやすや気持ちよく眠っていたのに、急に揺すり起こされた人みたいで、なんとなく気の毒な気さえした。

実際に世界遺産になったら、もっともっと激しく揺すり起こされるのだろう。僕ならこのままのんびり寝ていたいなと思うだろうけど、炭鉱の考えることまではわからない。

残された施設の中でいちばんの見物《みもの》というべきは、地下264メートルにある坑道と地上とのあいだを一分間で昇り降りする鉄製のリフトだ。有毒ガスが発生すると危険なので、国の指示により、この縦坑は既にコンクリートで厳重に塞がれているが、リフトと坑の入り口だけはまだ残っている。リフトといっても扉も何もないただの鉄枠みたいなもので、そこに25人（定員）が缶詰オイルサーディンみたいにぎゅうぎゅう詰め込まれ、真っ暗な奈落の底（ちなみに六本木ヒルズの展望台が海抜250メートルである）まで一挙にすとんと下ろされるわけだから、高所恐怖症の僕としては、想像するだけで身がすくんでしまう。

明治40年に四人の仲間の作家たちとともにこの万田坑を訪れた若き日の与謝野鉄幹は、記事を書くためにこのおっかないリフトに実際に乗っている（本には「三池炭鉱」とあるだけで、地名は具体的に記されていないが、どうやら万田坑であるらしい）。明治の作家は偉かったんだなと深く感心してしまう。いくら記事を書くためとはいえ、僕にはとてもそんな恐ろしいことはできそうにない。

しかしこの廃鉱施設で何より印象に残ったのは、施設で案内をつとめている初期高齢者のおじさんやおばさんたちだった。「わたしらは人材派遣センターから送られとるんです」ということで、要するに老人ボランティアなんだけど、親切で、見るからに律儀な人々だった。何か質問するととても丁寧に答えてくれた。熊本訛《なま》りがあって、ときどきちょっと聞きづらい局面もあったけど、なんだか笠智衆さんにわざわざ案内していただいているみたいで、おかげさまでほのぼのした気持ちで施設をあとにすることができた。そういう人々のためにも「万田坑」が世界遺産になるといいなと、世界遺産みたいなものにほとんど関心のない僕も（「太田胃散を世界遺産に」という運動はとりあえず個人的にしているんだけど）ちょっと思ったりした。なるといいですね。（後日談・みなさんもご存じの通り、この少しあとで万田坑は世界遺産に無事登録されました。残るは太田胃散ですね）

それから万田坑探訪の帰り道、「高専ダゴ（荒尾本店）」というちょっと奇妙な名前の店で食べたお好み焼きもおいしかった。尋常じゃない大きさのお好み焼きを、尋常じゃないサイズのこてでどっとひっくり返すところは、かなり見物だった。荒尾の街にはなぜかお好み焼き屋がいっぱいある。坑夫たちがみんなお好み焼きを好んで食べたから……かどうかは知らないけど、いずれにせよ万田坑に行くことがあったら、帰りに是非試していただきたい。よく冷やしたドン・ペリニヨンを飲みながら食べるととてもおいしいので、上等なシャンパングラスを忘れないように持参してください……というのはまっかな嘘だ。僕らは普通に生ビールを飲んだけど、それでぜんぜんオーケー。とても庶民的な店です。

6　人吉までのSLの旅

「熊本に来たらSLに乗って人吉まで行かなくちゃ」と吉本さんが言うので、SLにも人吉にもあまり関心のない僕も、言われるままに熊本駅からSLに乗った。「東京するめクラブ」の旅行では、僕はだいたいこのように言われるままに行動している。吉本さんは東京から「来熊」するお友だちを案内する機会が多いから（お友だちの多い人なのだ）、この列車にはずいぶん乗り慣れている。「こういうお弁当を買って、このあたりで川を見ながら食べるんだよ」とコースがしっかり決まっている。都築くんは決められていないところでお弁当を食べようとして、きつく叱られていた。しつけの悪い犬が叱られるみたいに。かわいそうに。でもそれはともかく、車内で売られている「おごっつぉ弁当」はなかなか素朴でおいしかった。

SL列車は毎日走っているわけではなく、たとえば6月には週末しか運行していない。路線は鹿児島と熊本を結ぶ肥薩線と鹿児島本線で、熊本と人吉とのあいだを一日一往復する。沿道からはたくさんの人々が手を振ってくれて、旅情みたいなものをかきたてられる。でも僕はもくもくと立ち上る黒煙を眺めながら、こんなに盛大に煙を出しちゃって、沿道に住む人々の洗濯物が煤《すす》だらけにならないのかなと、そんなことばかり心配していた。蒸気機関車が走るところは絵としてはなかなか素敵なものだけど、やはり現代の実情には向かないんだなと実感した。列車を降りたあとでも、ずっと洗濯物のことが気になっていた（日常的によく洗濯物を干すので）。

ちなみにこのＳＬ列車は旅行者にとても人気があって、指定席がすぐに売り切れてしまうので（シートはすべて指定）、乗りたい方はできるだけ早く切符を購入した方がよさそうだ。蒸気機関車と電車とでは乗り心地が違うか？　そうですね、少し違うと思う。たとえば僕は日常的にアナログ・プレーヤーでレコードを聴いているけれど、レコードの音とＣＤの音って少し違う。蒸気機関車と電車との間には、ちょうどそれくらいの差があるかもしれない。そんなにがらりと大きく違うわけでもないんだけど、ちょっとだけ（でも確かに）違う。そのフィールの違いみたいなのは、人によってはわりに大事な違いになるかもしれない。ただし、言うまでもないことだが、アナログ・プレーヤーは黒煙までは出さない。

線路は途中から単線になるので、あちこちの駅ですれ違いのための待ち合わせをすることになる。でもどの駅にもそれぞれの風情があり、そこでちょこっと列車を降りて新鮮な空気を吸い、あたりの風景を眺めることができる。急ぎの旅ではないから、それもまた楽しい。列車が球磨川《くまがわ》に沿って走るようになると、窓から見える風景はだんだんダイナミックになってくる。このあたりはおそらく、ＪＲの「全国車窓絶景ランキング」でも、比較的上位に入るのではないだろうか。急流でラフティングをしている人々の姿も見える。

「だから景色の良いこのへんでお弁当を食べなさいって言ったでしょう」と、また都築くんが吉本さんに叱られている。


人吉ではうなぎを食べた。亡くなった安西水丸さんが贔屓《ひいき》にしていた「上村うなぎ屋」に行った。店構えはそれほど大きくなくて、こぢんまりした店に見えるんだけど、奥が「行けども行けども」という感じで深くなっている。そして店じゅうにうなぎを焼く匂いが充満している。ここで使ううなぎは九州産（熊本・宮崎・鹿児島）のもので、注文を受けてからさばいて、炭火で焼くので、出てくるまでに少し時間がかかるということだ。でもちびちびお酒を飲みながら、うなぎが焼き上がるのを待つのもなかなか良いものだ。

ここの鰻重は、うなぎとうなぎのあいだに白いご飯がはさまれた、いわゆる関西式の鰻重で、焼くだけで蒸してはいないから、身はこりこりしている。特製のタレはけっこう甘い。そこに山椒をたっぷりかけて食べる。東京のふわりと柔らかい鰻重を食べ慣れている人は、「あれっ」と思うだろう。僕もどちらかといえばうなぎ（だけ）は、関西式より関東式の方が好みなんだけど、でもたまにはこういうのもおいしい。なにしろしっかり肉厚なので、食べ終わるとお腹が相当いっぱいになる。

人吉市に関して思い出せるのはこのうなぎ屋さんくらいだ。ほかにはとくに何も見なかった。そうそうそれから、この街にいるあいだに、川上哲治氏が人吉市の出身であることをふと思い出した。ずっと昔、『川上哲治物語背番号16』という映画を見た。人吉の学校の野球部で投手として活躍していた川上少年は、「こんな田舎にいては、せっかくの才能が埋もれてしまうから」と、熊本市内の野球強豪校にスカウトされる。そして故郷の人吉を離れる。川上少年もきっとバットとグラブを大事に抱え、僕が乗ったのと同じ肥薩線のＳＬに乗り、球磨川の美しい流れを眺めながら、不安と夢を胸に一路熊本に向かったんだろうな。

7　海の上の赤崎小学校

人吉から車でくねくねとした海岸沿いの道を進み、津奈木町《つなぎまち》（水俣市のすぐ北に位置する）にある赤崎小学校まで行く。ただしこの小学校は、過疎化が進んで生徒の数が年々減少し、またそれに加えて建物の耐震性の問題も出てきて、２０１０年3月に廃校になっている。廃校？　どうしてまた、閉鎖された小学校を我々がわざわざ見物に行かなくてはならないのだろう？　この小学校の校舎は海の上に建てられている、というのがその理由だ。遠くから見下ろすと、まるで客船が海に浮かんでいるみたいに見えなくもない。なかなか素敵だ。

海の上にはそもそも住所が存在しないから、この校舎部分には住所（地番）というものがない。どうしてもここに手紙を出したいという人は、「熊本県葦北郡津奈木町福浜１６５番地その先」と宛先を書くしかない。「その先」というのがなんだかいい感じですね。ここまで土地があって、その先の海の上ということだ。いかにも海上生活という雰囲気が漂っている。子供たちは休み時間には窓から釣り竿を出して魚釣りをしたという話も残っている。

この赤崎小学校のある地域は、山が海に向かって険しく張り出している地形で、じゅうぶんな広さの平地を確保することがむずかしく、満足な運動場も作れない、したがって子供たちは思うように運動もできないという状況だった。だからいっそのこと海の上に新しく校舎を造っちまおうということになったのだ。実物を見るとなかなか立派な校舎である。鉄筋コンクリートの三階建てで、船窓をかたどった丸い窓がとてもお洒落だ。完成したのは１９７６年だから、三十四年間、ここに子供たちの歓声（やら何やかや）が満ちていたことになる。やむを得ない事情があるとはいえ、まだまだ立派な使える校舎をこうして廃棄してしまうのはいかにももったいない。ここで日々を過ごした多くの人々の思いも染み込んでいるだろうに。

　我々がこの小学校を訪れたのは土曜日だったが、親切な津奈木町役場の職員の方が、我々のためにわざわざ校舎の鍵を開けに来てくれた。校舎の中に足を踏み入れると、内部がほとんど手つかずの状態で残されていることにまず驚かされる。机も椅子も揃っているし、図書館の本もまだ本棚に並べられている。各種備品もほとんどそのままで、壁付きのスピーカーは今にも校内放送を流し出しそうだし、給食室にはカロリーの図表みたいなものが貼られ、職員室にはいろんな書類が積み上げられている。校長室の飾り棚にはトロフィーや表彰状が輝かしく飾られている。まるでついさっき何か突発的なできごとが持ち上がって、先生や生徒みんながどこかに急いで避難してしまい、学校だけがそのままあとに残されたみたいにも見える。現実が微かに乖離《かいり》していくような光景だ。

その学校が閉鎖されて何年も経っていることを示しているのは、床にちらばった無数のフナムシの死骸だけだ。フナムシたちはどこかからがさごそと学校に侵入してきて、そこで息を引き取るらしい。どうしてフナムシが学校に入ってきて死ななくてはならないのか、それは誰にもわからない。フナムシの考えることは謎だ。

　万田坑の建造物が年季の入った歴史的な廃墟なら、こちらはまさにできたてほやほやの、日常の様相をまだしっかりと残している廃墟だ。人々のちょっとした気配や、ささやかな思いみたいなものが、あちこちに少しずつこびりついている。廊下の角から今にも、小学生たちがにぎやかに飛び出してくるんじゃないかという気がするくらいだ。

　津奈木町としては、今となっては使い道のないこの建物をなんとか有効利用したいと望んでいるし、買い手を懸命に探してもいるのだが、耐震性の問題がネックになって、なかなか簡単に話は進まないようだ。最悪の場合は取り壊すしかないかもしれない、ということだった。建物は今のところ打ち捨てられ、確実に老朽化しつつあるが、ロケーションはずいぶん魅力的だし、海もきれいに澄み渡っているし、うまくすればリゾート施設に建て替えることもできるんじゃないのかな。

　この小学校の先の方には弁天島と赤尾島という二つの小さな島があり、引き潮のときにはそこまで歩いていける。満ち潮のときにはその岩だらけの通路は水面下に隠れてしまう。僕らが訪れたときは引き潮だったので、そこまで歩いていった。こういう自然のまっただ中にある小学校で子供時代を送るのって、すごく楽しそうだ。たくさん良い思い出があとに残りそうだ。今ではこのあたりの子供たちはバスに三十分ほど乗って、津奈木町の中心部にある小学校に通っている。バスの通り道から、この青い海に浮かんだ客船のような、今はもう閉鎖された小学校の校舎を見下ろすことができる。

8　阿蘇に行く

八代市の近郊にある日奈久《ひなぐ》温泉の「金波楼」という古い旅館に泊まった。明治43年創業の古い旅館で、当時としては珍しい木造三階建ての建物がそのまま残され、国の登録文化財になっている。床が少し傾いていて、男性用露天風呂が廊下からほとんど丸見えになっているけど、そういう些細なことを気にしなければ、昔風というか、古式豊かというか、わりにのんびりできる温泉旅館です。タイムトリップしたような錯覚にさえ襲われる。とにかくこの旅館の床の光り具合は絶品だ。見ているだけで感心してしまう。よほどごしごしと磨いたのだろう。この旅館に泊まったのは吉本さんのリクエスト。「一度泊まってみたかったんだ」ということだった。

このあたりは昔から藺草《いぐさ》栽培で栄えたところだ。藺草というのは畳を作る材料で、全国の生産量の八割から九割を八代産が占めていたというからすごい。全盛期には、買い付け業者や産地農家の人たちが、札束を懐に詰めて遊びまくっていたという話を聞いた。熊本でもいちばんにぎやかな地域だったという。でも今では安価な中国産の藺草が入ってくるようになったことと、畳の需要そのものが減ったこととで、作付面積は全盛期の三分の一にまで落ち込んでいる。従ってこの地方の景気もあまりぱっとしないようだ。

日奈久温泉界隈も日が暮れると物静かというか、はっきり言ってかなりさびれている。通りはうす暗く、開いている店も少なく、カラオケ・スナックみたいなのが何軒か営業しているだけ。町をそぞろ歩きしている温泉の泊まり客も、いかにも手持ちぶさただ。タクシーの運転手に訊くと、「昔はストリップ劇場なんかもあって、すごくにぎやかだったんですがねえ……今じゃ」ということだった。その手のにぎやかな「温泉施設」が大好きな都築くんは、期待が裏切られてすごく残念そうだった。九州新幹線はすぐそばを通っているのだけれど、その恩恵は残念ながらここまでは及んでいないらしい。

八代市内には往時の面影を残す巨大なキャバレーが何軒か残っている。いちばん大きな「白馬」というキャバレーは、少女時代の八代亜紀さん（八代市出身）が年齢を偽ってステージに立ち、歌手デビューを飾ったことで有名である――とキャバレー業界の権威である都築くんが教えてくれた。ふむふむ。キャバレー業界にそれほど興味のない人も、この「白馬」の建物とネオンの看板は一見の価値があると思う。昭和の心意気みたいなのが感じられる、かっこいいデザインです。我々がそこを訪れたのは静かな日曜日の朝だったので、今現在どれくらい繁盛しているのかまではわからなかったけど。「白馬」の近くにアーケードつきの大きな商店街があり、そこに「ラジオクロネコ」というユニークな電気屋さんがある（店にクロネコはいなくて、犬しかいなかったけど）。

ここのオーナーである森さん父子は筋金入りのオーディオ・マニアで、真空管アンプの制作者として、その世界ではいささか名を知られている。表向きはごく普通の商店街の電気屋さんなんだけど、店の中に本格的なワークテーブルがあり、父子でひたむきに真空管アンプを自作しておられる。アルテックやＪＢＬの巨大スピーカーが何組も壁に沿って並び、お願いすればいろんなアンプを切り替えて、素敵な音楽を聴かせてもらえる。羊の皮をかぶった狼というか、町の電気屋さんの皮をかぶったマニア。でも狼のように怖くはない。凝り性なだけで、とても親切な人たちである。

僕はお父さんの森精一さんが昨夜完成させたばかりという真空管メインアンプで、これもこのあいだこしらえたばかりというＪＢＬの自作ユニットを聴かせてもらったが、とても出力０・８ワットとは思えない素晴らしい音で鳴っていた。昔のスピーカーは能率がいいから、昨今出回っているような大出力のアンプなんてぜんぜん必要ないのだ。すごくシンプルでパーソナルな音がする。このシステムのウーファー（低音担当）はＪＢＬのＤ１３０という38センチのスピーカーで、実は僕も自宅でこれを組み入れたシステムを使っているのだけれど、それとは音の印象ががらりと違うので、比べてみるととても興味深かった。

日曜日の朝から、この興味深い父子を相手にオーディオ談義をしているのは心和《なご》むひとときだった（日曜日は定休日なのだが、シャッターがちょっと開いていたので、無理を言って中に入れてもらった）。でもそうこうするうちに、阿蘇行きの特急列車の発車時刻が近づいてきたので、残念ながら話を途中で切り上げざるを得なかった。いろんなスピーカーといろんなアンプの組み合わせで、いつまでものんびり音楽を聴いていたかったんだけど。

この父子に頼めば、そして条件さえ折り合えば、真空管アンプを注文制作してもらうことも可能であるようだ。手造りなのでそんなにたくさんはできないけれど。興味のある方は八代市の「ラジオクロネコ」に問い合わせてください。オーディオと音楽の好きな人は、いつでもこの店に歓迎されるみたいです。

八代駅で「鮎屋三代」という鮎弁当を買って、「九州横断特急」に乗る。鮎弁当はしっかりおいしかった。こんなことをしているとどんどん体重が増えちゃうよな、と思いながらもつい食べてしまう。旅行中って、なかなか体重管理はできないものだ。これはもう、あきらめてしまうしかない。吉本さんも都築くんも、なにしろもりもりおいしそうにご飯を食べちゃう人なので（吉本さんはいくら食べてもちっとも太らないけど、都築くんはどうやら食べた分だけ身につく体質みたいだ）、僕もそれにつきあっていろんなものを食べてしまう。

僕らの乗った車両にはなぜか若いタイ人の旅行客が多かった。みんな僕らと同じように阿蘇駅で降りた。腕にタトゥーを入れたような男の子たちと、ほっそりとして小洒落《こじゃれ》た見かけの女の子たち。そんな若いタイ人観光客が阿蘇にいったい何をしに行くのだろう？　タイには火山がないから（たぶんないと思う）、後学のためにちょっと見ておきたいのだろうか？　僕らがタイに行って象ファームを見たりするのと同じように。そのへんのところをちょっと訊いてみたかったんだけど、弁当を食べたりするのにけっこう忙しくて、訊けずじまいだった。タイの若者たちは阿蘇に行っていったい何をしたのだろう？（後日談・調べてみたら、タイでヒットしたテレビドラマが九州北部を舞台にしていて、そのおかげでタイでは今、九州旅行がトレンドなのだそうです。なるほど）

阿蘇では、県道11号（いわゆる「やまなみハイウェイ」）沿いにあっと驚く不思議な光景を見かけた。見渡す限り、大小の緑の樹木が動物のかたちにきれいに刈り込まれているのだ。これは「トピアリー」と呼ばれている園芸細工だが、その数およそ７００本。なにしろ大変な数だ。これを制作したのは若宮道男さんという方で、道路沿いでトウモロコシを売る店を出しておられる（店の名前みたいなものはない）。もともとは牧畜業を営んでおられたのだが、人手がなくなってやむなく廃業し、畑でトウモロコシなどの野菜を栽培し、それを街道沿いで売り始めたのだが、その合間にいつしかこの「エドワード・シザーハンズ」風のクリエイティブな園芸作業に打ち込むようになった、ということだ。作られた動物の種類は実に様々で、鳥がいちばん多いみたいだが、牛から亀から馬から象から、恐竜からくまモンから、果てはバットを構えるイチローにいたるまで、とにかくありとあらゆる生き物が勢揃いしている。そしてそのどれもがかなり精巧にできている。これだけこしらえるには、ずいぶん時間と労力を要したに違いない。またできあがったものを乱れなく維持管理するのも一苦労であるはずだ。それを考えると敬服してしまうというか、人ごとながら深いため息が出てくる。

店で焼くためのトウモロコシが足りなくなったために（僕らが食べたのがたまたま最後のトウモロコシだった）、若宮さんは急いで畑にトウモロコシを採りに行って、そのために不在であり、残念ながらご本人の話は聞けなかったが、奥さんがだいたいの事情を教えてくれた。これらのトピアリーを若宮さんが作り始めたのは二十年ほど前のことで、以来今まで精魂込めて作り続け、その数はおよそ７００に及ぶ。使用されている樹木はほとんどすべて山ツゲ。山ツゲは細工がしやすいので、それをここまで運んできて植える。そしてかたちを作り、丁寧に刈り込む。店の裏手は谷になっているが、谷のこちら側だけでは場所が足りなくなってきたので、あっち側も借りて、そこにもトピアリーの群れを出現させている。谷の向こう側は広い牧草地のようになっているが、その縁に沿って緑の動物たちが並んでいる。

わざわざ谷の向こう側まで行って、そこでトピアリーを作っているのか？
そのとおりだ。
それは大変な作業ではないか？
大変な作業だ。

奥さんが夫の、そのような情熱的な、ときには微かな狂気をさえ感じさせる（であろう）トピアリー作りに対して、長年にわたってどのような見解を抱いておられるのか、そこまでは突っ込んで訊けなかった。奥さんは商売の焼きトウモロコシ（一本３００円）作りに忙しかったからだ。しかし口調からすると「好きで一生懸命やっていることだし、とくに害にもならないんだから、ま、いいんじゃないの」という気配がそこはかとなく感じられた。テオ・ゴッホ的な献身・崇拝の姿勢までは感じられなかったが、批判的な響きはほぼまったく聞き取れなかった。
実際の話、害になるどころか、そのトピアリーの居並ぶ光景に惹かれて思わず車を停め、ついでに店に寄ってトウモロコシを買って食べてしまう観光客が数多くいるわけだし（僕らもまさにその一員だった）、このトピアリーの群れは営業的見地から見て、大いに有益であると断言してかまわないと思う。それを「芸術」と呼ぶことはおそらくむずかしいだろうが、少なくとも「達成」と呼ぶことはできるはずだ。そして我々が住むこの広い世界には、批評の介在を許さない数多くの達成が存在するのだ。僕らはそのような達成、あるいは自己完結を前にしてただ息を呑み、ただ敬服するしかない。

トピアリーは抜きにしても、焼きトウモロコシは新鮮でおいしいです。お暇な方は阿蘇に行ったついでに、若宮さんの経営する「名前のないお店」に是非寄ってみてください。

9　最後にくまモン

熊本を訪れたからには、やはりくまモンにひとこと触れないわけにはいかないだろう。なにしろ五日間にわたって熊本を旅行しているあいだ、いたるところでくまモンを見かけた。というか、くまモンのない風景を探すことの方がむしろむずかしかったくらいだ。くまモンのいない熊本県を思い浮かべるのは、マグロとわさびを切らせた鮨屋を思い浮かべるよりむずかしいかもしれない。覆面パトカーのいない小田原厚木道路を思い浮かべるよりむずかしいかもしれない。鉤十字旗のないナチス・ドイツを思い浮かべるより……というのはちょっとまずいな。これは忘れてください。すみません。

とにかくポスターにも看板にもパンフレットにも、ミネラル・ウォーターにもお菓子の箱にも、バスや市電の脇腹にも、かばんにも帽子にもTシャツにも、ありとあらゆるところにくまモンが顔をのぞかせていた。レンタカーのトヨタ・プリウスにも、赤と黒の「くまモン模様」がペイントされていた。熊本県ぜんたいが「くまモン化」しているといってもまったく過言ではない。熊本日日新聞には、くまモンが主役の4コマ漫画が毎日掲載されている。そのうちにくまモンが社説まで書くようになるかもしれない……というのはもちろん冗談だけど。

なにも熊本だけではない。東京都港区のコンビニの棚にだって、くまモン商品がどっさり溢れている。そういうのを見ると、「おいおい、ここは熊本県か？」とツッコミを入れたくもなってしまう。くまモンはもともと熊本県ＰＲのキャンペーン「くまもとサプライズ」展開のためのマスコット、「ゆるキャラ」としてこしらえられたわけだが、瞬く間に全国的にブレークし、今ではほとんど「くまモン・インダストリー」と呼んでもいいほどの規模の産業と化してしまったように見える。この十年ほどのあいだに世の中には数多くのゆるキャラが登場してきたが、くまモンほど目覚ましい全国的成功を収めた例はちょっとほかに見当たらない。表現は良くないかもしれないが、まるで強力なヴィールスのように、それは休みなく増殖し、あたりを侵食していく。

ひとつお断りしておきたいのだが、僕はくまモンに対して、好印象も悪印象も持っていない。そういうものがあるんだなというだけのことで、肯定もしないし否定もしない。とくに好んでくまモン・グッズは買わないし、くまモン模様のパンツをはいて、くまモン模様のトヨタ・プリウスに乗りたいとも思わないが、かといって意識的に排除しよう、拒否しようとも思わない。ただこの旅行中、行く先々いたるところにくまモンが溢れていることについては、正直言って少なからず食傷させられたかもしれない。もしこのまま物ごとが歯止めなく進行し、くまモン・グッズが世界に溢れかえり、くまモンというキャラクターが「人口に膾炙《かいしゃ》する」ようなことになったら、熊本県という存在そのものまで「人口に膾炙」してしまうのではないだろうか？　もしくまモンのイメージが量産によって陳腐化したなら、それにつれて、熊本県のイメージまで陳腐化してしまうのではないだろうか？　そういうことがちょっとばかり心配になった。

まあ、くまモンがこの先どのような運命を辿ろうと、神奈川県民の僕とはほとんど関係のない熊本県の問題であり、そんなのかまわずに放っておけばいいようなものなんだけど、僕はいったん何かが気になり出すと、いちいち気になってしょうがない因果な性格なもので、熊本県庁の「商工観光労働部・観光経済交流局・くまもとブランド推進課」というとても長い名前の部署まで出向いて、くまモン広報担当者に話をうかがうことにした（くまモンご本人には残念ながら話が聞けなかった。くまモンさんの肩書きは「熊本県営業部長」というれっきとした地方公務員で、今のところとても忙しい）。

「商工観光労働部・観光経済交流局・くまもとブランド推進課」はおそらく、くまモン・イメージを世界に売り込むべくばりばり仕事をしている、最先端のアクティブなオフィスであろうと見当をつけて行ってみたのだが（電話のベルが鳴りまくり、みんなが目をつり上げてコンピュータのキーボードをぱたぱた打ちまくっている、とか）、実際には見るからにのんびりした部署だった。もちろんみんな一生懸命、真剣に仕事をしておられるのだろうが、あるいはくまモンのキャラクターが影響を及ぼしているのか、体質的にはほのぼの系の部署であるように見受けられた。話をうかがっているあいだ、電話のベルは一度も鳴らなかった。怒鳴り声も歓声も聞こえなかった。以下が担当者とのおおよそのやりとり。

世界中いたるところにくまモンが溢れているようだが、それはもともとの戦略なのか？

溢れているというか、使いたい人は誰でも原則的に、くまモンのロゴとキャラクターを無料で使っていいということにしているので、結果的にあちこちでいっぱい使われることになる。

使う人の身元、使い方の是非は、審査しているのか？

もちろんしている。しかし熊本県のイメージを向上させるものなら（あるいはとくに損なわないものなら）、おおむね許可を出している。

具体的には、どのようなものが熊本県のイメージを向上させるのか？

たとえば食品について言えば、熊本県産の食材を使用している食品なら、くまモン・キャラクターを自由に使っていいということになる。使用を許可したものには許可番号を与える。許可番号は提示しなくてはならない。

食材は少しでも使っていればいいのか？

少しでも使っていればそれでいい。

風俗産業とかそういうところは？

そういう申請自体を我々は受け付けない（当たり前でしょう）。

いちばん最初のくまモン認可商品はどんなものか？

仏壇だ。

くまモン仏壇？

そのとおり。

熊本県ではそんなものの需要があるのか？

当方はそこまで関知しない。

くまモンの成功はどのような利益を熊本県にもたらしたのか？

日銀の試算によれば、２０１１年からの二年間で、くまモンの及ぼした経済効果は１２４４億円にのぼるとされている。

その経済効果というのは具体的に言って、いったい誰が得をしているということなのだろう（そしてもし日銀にそれほど正確な試算能力があるのなら、どうして日本はこんなに借金漬けの国家になってしまったのだろう？）……と尋ねようかと思ったが、思い直してやめた。にこやかで親切な担当者を相手にこのような質問をしているうちに、なんだか自分が「くまモンいじめ」をしているような気がしてきたからだ。いったいどこの誰が、いたいけないくまモンをいじめたいなんて思うだろう？

僕が熊本県庁を訪れて、くまモン担当者の方と話をして、ひとつひしひしと感じたのは、くまモンという人為的に「作られた」存在は、そのクリエーターや、あるいは熊本県庁「商工観光労働部・観光経済交流局・くまもとブランド推進課」の思惑やコントロールを既に離れて、どんどん勝手に一人歩きしてしまっているみたいだなということだった。まるで伝説の「巨人ゴーレム」みたいに。おそらく誰にももうその歩みを止めることはできないし、進む方向を変更させることもできないのではないか。そしてそれは進んでいく道筋のあちこちに「経済効果」という、もうひとつわけのわからない「何か」をひらひらと振りまいていくのだろう。

くまモンがこの先、「キティちゃん」や「サザエさん」みたいな普遍的な、定番キャラクターとして定着していくのか、あるいは「人口に膾炙」して徐々に陳腐化していくのか、一介の小説家である僕には、そこまではわからない。でもいずれにせよ、くまモンくんは今のところとにかく元気に猛烈に増殖を続けているし、増殖するにつれてそれは、熊本県というその本来のルーツ・土壌からますます遠ざかっていくことだろう。ちょうど「ミッキーマウス」が普遍化して、もともとの「ネズミ性」を失っていったのと同じように。そう、とても複雑な仕組みを持つ世界に僕らは生きているのだ。そこではイメージがずいぶん大きな意味を持ち、実質がそのあとを懸命に追いかけていく。

でも何はともあれ僕はこの先、今回のこの熊本旅行を回想するたびに、このような感慨を抱くことだろう。「あの旅行では、とにかくよく雨が降っていたし、いたるところにくまモンが溢れていたよなあ」と。一人の作家が抱くそういう感慨みたいなものも、くまモン経済効果のうちに何らかのかたちで含まれることになるのだろうか？

「東京するめクラブ」より、熊本再訪のご報告

熊本県（日本）2

今年（２０１６年）４月のあの地震を間に挟んで、一年三ヶ月ぶりに目にする熊本市内はずいぶん様変わりしていた。まず最初に感じたのは、ずいぶん建物の数が減っているなということだった。まるで櫛の歯が抜け落ちたように、通りのあちこちに空き地が目につく。隣家を失ってむき出しになった建物の側壁も生々しかった。そしてコイン・パーキングの数がずいぶん増えたみたいだった。たぶん空き地にしておくよりは、ということで駐車場が増えたのだろう。だから街に全体的に「すかすかしている」という雰囲気が漂っている。そしてもちろん、まだ取り壊されていない（あるいは修復されていない）多くの傷ついた家屋があちこちに残されている。ほとんど倒壊寸前のものも少なくない。胸塞ぐ風景だ。

熊本市在住の吉本由美さんは「大きな建物が突然なくなって、見慣れた風景ががらりと違うものになってしまって、そのことにとても驚かされる」と言っていたが、その気持ちはよくわかる。僕も阪神・淡路大震災のあとしばらくしてから神戸と芦屋を訪れて、

「ああ、昔とはずいぶん眺めが違うものだな」と驚いたことを覚えている。それはもう僕が心の中にとどめている故郷の街ではなかった。たくさんの家屋が崩れて空き地になり、そこに新しい建物が建てられていく。古くからあったお店が消え、新しいお店が生まれる。そのようにして新しい街が作られていく。

熊本の街を見ていると(今回は市内しか見られなかったけど)、そういう災害によって「傷つけられた街」のひりひりとした痛々しさを肌に感じるのは言うまでもないことだけど、それと同時に、それでも新しく再生していこうという「立ち上がる街」の新鮮な息吹のようなものを、そこかしこに感じとることもできた。あるいは人々の「平常復帰」への強い意志というか。人の営みなんて、巨大な自然の前では所詮はかないものだけど、とにかく立ち上がらないことには何も始まらない。そうやって日本人はこれまでもがんばってきたのだろう。

都市部と郊外部とでは事情も異なっているだろうし、もちろん一概には括ってしまうことはできないだろうけれど、四日間熊本の街を歩き回って、いろんな人たちと話をして、個人的にはしっかりと前向きの印象を受けた(地震発生から間もない時期に訪れていれば、また違う印象を持ったのかもしれないが、住民のみなさんがまだ被害の渦中におられるときにやってきて、かえって迷惑をかけることになってはいけないと思ったので、五ヶ月の間を置いて訪問することになった)。

今回の、9月初めの熊本行きの目的のひとつは、熊本復興支援「するめ基金」活動の一環として、チャリティー・イベントを催すことだった。都築響一くんと吉本由美さんと僕とで集まって何かをやって、その入場料を「するめ基金」の一部とすること。それで「早川倉庫」という催し物会場（昔の醸造所を改築したとても興味深い施設だ）を借りて、250人近くの人を集め、トークと朗読会みたいなことをやった。遠くはわざわざ青森からみえた方までいて、三時間ほどの「集会」だったけど、みんなでなかなか楽しく盛り上がりました。お酒でも飲みながらリラックスしてやれればよかったんだけど、事情があってそれはできなかった。

もうひとつ、実際に熊本に来て、その現在の状況を目にして、全国のみなさんから寄せられた「するめ基金」をどのように使うか、その使途を決めるという目的もあった。大事なお金だから、もちろん大事に慎重に扱わなくてはならない。というわけで、三人がそれぞれに「私は熊本復興のこういうところにお金を使いたい」という意見を述べあった。寄付の受付は年末まで続くので、最終的に締め切られた段階で、集まったお金の具体的な使い途をあらためてご報告したいと思う。段階に応じて『クレア』に活動レポートをアップしますので、どうかごらんになってください。

この前に熊本に来たときに、いろんな場所を訪れて、その記事を『クレア』に掲載し、また『ラオスにいったい何があるというんですか?』という僕の旅行記(みたいなもの)に収録したのだけど、そのときに訪れた場所を再訪し、地震の被害状況をこの目で確かめに行きたいというのもまた、僕らの来熊(「らいゆう」と読む。熊本県人以外にはまず読めないんじゃないか)の目的のひとつだった。

この前に朗読会をやったとても小さなインディペンデント書店「橙書店《だいだい》」は地震によってすべての本が床に散乱したものの、建物自体は無事だった(とはいえ近々引っ越すそうだけど)。看板猫の白猫しらたまくんも、恐怖のために一時期トラウマを負っていたものの、今では昔通りに回復し、ちゃんとお店に「出勤」して、看板猫の役目を果たしている。よかった。

熊本は書店の多い街だが、「橙書店」だけではなく、ほとんどの書店は無事に営業を再開し、いつも通りの賑わいを見せていた。書店の多い街というのは気分がいいですね。ただこの前、僕が立ち寄って少しだけ本にサインをした「カッパの書店」こと「金龍堂まるぶん店」は、繁華街のど真ん中にありながら、シャッターをぴたりと閉ざしたままだった。たぶん建物に何か不具合があったのだろう。シャッターには街の人々からの「カッパがんばれ!」のメッセージがたくさん貼り付けられていた。がんばっていただきたいと思います。

それから夏目漱石が熊本で最後に住んだ家屋（漱石は四年三ヶ月熊本に住んだが、その間に六回も引っ越した）は、古い木造家屋だけあって、あちこちに痛々しい被害を負っていた。塗り壁がごっそり剝がれ落ちて壁の向こうが見えていたり、屋根瓦が落ちてなくなったり。でも建物の構造自体にはとくに大きな被害はなかったそうで、僕としてもほっとした。手直しをすればたぶん元通り近くに修復できるのではないか。明治時代からそのまま残っている昔ながらの日本家屋だけど、そのタフさには敬服してしまう。タフと言えば、漱石が5番目に住んだ「坪井の家」も、後世になって隣にくっつけて増築された洋館はすっかり崩れてしまったのに、漱石が住んでいたもともとの和風の家はほとんど傷つかずに残ったということだ（ただし今のところ「要注意建物」と認定されて、一般公開はされていない）。移築補強された「大江の家」（漱石が3番目に住んだ家）は壁が少し崩れただけで、これもしっかり健在だった。漱石ファンのみなさんはほっとされたことだろう。しかし明治時代の熊本の貸家はみんな立派な作りだったんだなと感心してしまう。

できれば被害の大きかった南阿蘇まで行って、いろんなところがどうなっているか確かめてみたかったんだけど、幹線道路が寸断されたままになっていて、往復の時間が計れなかったので、残念ながら今回は訪問することができなかった。見事なトピアリーを巡らせた県道沿いの焼きトウモロコシ屋さんは無事だったかなと案じていたのだが、地元の方の話に拠れば、たいした被害もなく、あのトピアリー群はいまだ健在であるということだった（よかった）。

　でもなにより心が痛んだのは、熊本城の惨状だった。今回とくべつに熊本県庁と熊本市役所のご厚意によって、一般の人は立ち入ることのできない熊本城内のエリアを案内して見せていただいたのだが、その被害のあまりの大きさに一同、まさに言葉を失ってしまった。これまでテレビのニュースで見たり、新聞・雑誌の写真でひととおり見てはいたのだが、自分の目で実際に見るその崩壊のすさまじさは、とてもとてもそんなどころじゃなかった。

　僕らが訪れたときには、崩れた石垣をひとつひとつ積み直し（残された写真を参照して、ばらばらになったすべての石に番号を振り、ジグソーパズルをはめていくみたいに正確に再現する）、倒れた塀を元通りに立ち上げ、歪んだ建物をまっすぐにしていくという、気の遠くなるような作業の見通しがようやくついたところだった。これから重機が運び込まれ、具体的な再建工事が開始される。気の遠くなるような大変なお仕事だと思うけど、がんばっていただきたい。「この瓦礫の山の中から、本当にあの美しいお城が再現できるのだろうか」とつい心配になってしまうのだが、熱意と技術力を結集すればきっとうまくいくと思う。そして熊本城再建が、おそらくは熊本復興の大きなシンボルになっていくことだろう。

僕と都築響一くんの最初の熊本訪問は、吉本由美さんの在住する熊本（生まれ故郷だ）を訪れて、ひさしぶりに三人で「するめクラブ」のリユニオンみたいなことをやろうか……というような、ごく気楽な気分から出てきたことだったのだけど、その後まもなくあの大きな地震が起こり、「これは僕らとしてもなんとかしなくては」と思って、このように『クレア』誌面を借りて「するめ基金」を立ち上げ、及ばずながら熊本復興をお手伝いさせていただくことになった。すべては行きがかりというか、ご縁のようなものだ。でもそういうものこそ、やはり大事にしていきたい。

それほどたいした役にも立てないかもしれないけれど、僕らとしてもできるだけのことはやりたいと思っています。熊本のみなさんも、ずいぶん大変でしょうが、それぞれの場所でがんばっていただきたいと思います。それから「するめ基金」にご寄付いただいた全国のみなさんには、心からお礼申し上げます。おかげさまで予想していたより遥かに多くのお金が集まりました。関係者一同に成り代わりまして、深く感謝します。ありがとうございました。

あとがき

これは旅行記、というか、僕が訪れた世界のいろんな場所について、この二十年ほどのあいだに、いくつかの雑誌のために書いた原稿をひとつにまとめたものです。だいたいは発表順に収録していますが、構成の都合上少しだけ並べ替えてあります。

最初の「チャールズ河畔の小径」は雑誌「太陽臨時増刊」に、二つ目の「緑の苔と温泉のあるところ」は雑誌「タイトル」に、最後の「漱石からくまモンまで」は雑誌「クレア」に掲載しました。それ以外のものは日本航空が主にファーストクラス向けに出している「アゴラ」という会員誌に連載しました。「アゴラ」はそもそも写真中心の雑誌なので、筆者に要求される原稿枚数がとても少なく、「これじゃ、いくらなんでも短すぎるよな」と思い、いつもだいたい長いヴァージョンと短いヴァージョンの二種類を書くことにしていました。そして雑誌には短いヴァージョンを載せ、本にするときのために長いヴァージョンをとっておきました。

僕は1980年代から2000年代にかけて、『遠い太鼓』『雨天炎天』『辺境・近境』『やがて哀しき外国語』『うずまき猫のみつけかた』『シドニー!』といったような紀行文的な、あるいは海外滞在記的な本をわりに続けて出していたので、「うーん、旅行記はしばらくはもういいか」みたいな感じになり、ある時点からあまり旅行についての記事を書かなくなってしまいました。「この旅行についての記事を書かなくちゃ」と思いながら旅をしているのも、けっこう緊張し、疲れちゃうものだからです。それよりは「仕事は抜きにし、頭を空っぽにして、とにかく心安らかに旅行を楽しもうじゃないか」という気持になっていました。

しかし頼まれて旅行記を書く仕事を思いついたようにやっているうちに、次第に原稿も溜まってきて、今回ようやく一冊の本にすることができました。まとめられたものをこうしてあらためて読み直してみると、「ああ、ほかの旅行についても、もっとちゃんと文章を書いておくんだったな」という後悔の念が、微かに胸の内に湧き上がってきます。ここに収められたもののほかにも面白い旅行、印象に残る旅行をたくさんしてきたからです。それらの旅のあいだにいろんな興味深い人に会って、いろんな興味深い体験をしてきました。でも今さら後悔しても始まりません。旅行記ばかりは旅行の直後に気合いを入れて書かないと、なかなか生き生きと書けないものだからです。

秋のプラハの街をあてもなく歩き回ったこととか、ウィーンで小澤征爾さんと過ごしたオペラ三昧《ざんまい》の日々とか、エルサレムでのカラフルで不思議な体験とか、夏のオスロで過した一ヶ月とか、ニューヨークで会ったいろんな作家たちの話とか、スペインのサンティアゴ・デ・コンポステーラでのディープな日々とか、サビの浮いたトヨタ・カムリ（走行10万キロ）で走りまわったニュージーランド旅行とか、もっといろんなことをしっかり書き留めておけばよかったなと、今になって思います。でもそのときは自分が楽しむことで精いっぱいだった。人生はなかなかむずかしいものです。

本書のタイトルの「ラオスにいったい何があるというんですか？」は、文中にもあるけれど、僕が「これからラオスに行く」と言ったときに、中継地のハノイで、あるヴェトナム人から僕に向かって発せられた質問です。ヴェトナムにない、いったい何がラオスにあるというんですか、と。

そう訊かれて、僕も一瞬返答に窮しました。言われてみれば、ラオスにいったい何があるというのだろう？　でも実際に行ってみると、ラオスにはラオスにしかないものがあります。当たり前のことですね。旅行とはそういうものです。そこに何があるか前もってわかっていたら、誰もわざわざ手間暇かけて旅行になんて出ません。何度か行ったことのある場所だって、行くたびに「へえ、こんなものがあったんだ！」という驚きが必ずあります。それが旅行というものです。

旅っていいものです。疲れることも、がっかりすることもあるけれど、そこには必ず何かがあります。さあ、あなたも腰を上げてどこかに出かけて下さい。

「アゴラ」取材はいつも写真家の岡村啓嗣さんと、編集の飯田未知さんと三人で組んで仕事をしていました。毎度同じ顔ぶれだった。おかげで何年ものあいだ楽しく、マイ・ペースで仕事をすることができました。この場を借りて、お二人に感謝したいと思います。

〈初 出〉

チャールズ河畔の小径
ボストン1

太陽1995年11月号臨時増刊CLASS X 第2号
「チャールズ河畔における私の密やかなランニング生活」

緑の苔《こけ》と温泉のあるところ
アイスランド

TITLE 2004年2月号
東京するめクラブ　特別編「アイスランド独りするめ旅行。」

おいしいものが食べたい
オレゴン州ポートランド
メイン州ポートランド

AGORA 2008年3月号　「二つのポートランド」(前編)
AGORA 2008年4月号　「二つのポートランド」(後編)

懐かしいふたつの島で
ミコノス島
スペッツェス島

AGORA 2011年4月号　「ギリシャのふたつの島」

もしタイムマシーンがあったなら
ニューヨークのジャズ・クラブ

AGORA 2009年11月号　「Live Jazz in New York」

シベリウスとカウリスマキを訪ねて
フィンランド
AGORA 2013年7月号 「フィンランディア讃歌」

大いなるメコン川の畔で
ルアンプラバン（ラオス）
AGORA 2014年10月号 「大いなるメコン川の畔で」

野球と鯨とドーナッツ
ボストン2
AGORA 2012年4月号 「ボストン的な心のあり方」

白い道と赤いワイン
トスカナ（イタリア）
AGORA 2015年6月号 「トスカーナ・白い道と赤いワイン」

漱石からくまモンまで
熊本県（日本） 1
CREA 2015年9月号 「熊本旅行記」

「東京するめクラブ」より、熊本再訪のご報告
熊本県（日本） 2
CREA 2016年12月号
「「東京するめクラブ」より、熊本再訪のご報告」

文春文庫

ラオスにいったい何《なに》があるというんですか？
紀《き》行《こう》文《ぶん》集《しゅう》

定価はカバーに
表示してあります

2018年4月10日　第1刷
2024年7月5日　第3刷

著　者　村《むら》上《かみ》春《はる》樹《き》

発行者　大沼貴之
発行所　株式会社　文藝春秋

東京都千代田区紀尾井町3-23　〒102-8008
TEL　03・3265・1211㈹
文藝春秋ホームページ　http://www.bunshun.co.jp

落丁、乱丁本は、お手数ですが小社製作部宛お送り下さい。送料小社負担でお取替致します。

印刷・TOPPANクロレ　製本・加藤製本
Printed in Japan
ISBN978-4-16-791056-3

（　）内は解説者。品切の節はご容赦下さい。

村上春樹
TVピープル
「TVピープルが僕の部屋にやってきたのは日曜日の夕方だった」。得体の知れないものが迫る恐怖を現実と非現実の間に見事に描く。他に「加納クレタ」「ゾンビ」「眠り」など全六篇を収録。
む-5-2

村上春樹
レキシントンの幽霊
古い館で「僕」が見たもの、いや、見なかったものは何だったのか？　表題作の他「氷男」「緑色の獣」「七番目の男」など全七篇を収録。不思議で楽しく、底無しの怖さを感じさせる短篇集。
む-5-3

村上春樹
約束された場所で
underground 2
癒しを求めた彼らが、なぜ救いのない無差別殺人に行き着いたのか。オウム信者、元信者へのインタビューと河合隼雄氏との対話によって、現代の心の闇を明らかにするノンフィクション。
む-5-4

村上春樹
シドニー！
①コアラ純情篇
②ワラビー熱血篇
走る作家の極私的オリンピック体験記。二〇〇〇年九月、興奮と熱狂のダウンアンダー（南半球）で、アスリートたちとともに過ごした二十三日間——そのあれこれがぎっしり詰まった二冊。
む-5-5

村上春樹
若い読者のための短編小説案内
戦後日本の代表的な六短編を、村上春樹さんが全く新しい視点から読み解く。自らの創作の秘訣も明かしながら論じる刺激いっぱいの読書案内。「小説って、こんなに面白く読めるんだ！」
む-5-7

村上春樹・吉本由美・都築響一
東京するめクラブ　**地球のはぐれ方**
村上隊長を先頭に、好奇心の赴くまま「ちょっと変な」所を見てまわった、トラベルエッセイ。挑んだのは魔都・名古屋、誰も知らない江の島、ゆる〜いハワイ、最果てのサハリン……。
む-5-8

村上春樹
意味がなければスイングはない
待望の、著者初の本格的音楽エッセイ。シューベルトのピアノ・ソナタからジャズの巨星にJポップまで、磨き抜かれた達意の文章で、しかもあふれるばかりの愛情をもって語り尽くされる。
む-5-9

村上春樹
走ることについて語るときに僕の語ること
八二年に専業作家になったとき、心を決めて路上を走り始めた。走ることは彼の生き方・小説をどのように変えてきたか？　村上春樹が自身について真正面から綴った必読のメモワール。
む-5-10

村上春樹
パン屋再襲撃
彼女は断言した、「もう一度パン屋を襲うのよ」。学生時代にパン屋を襲撃したあの夜以来、かけられた呪いをとくために。〝ねじまき鳥〟の原型となった作品を含む、初期の傑作短篇集。
む-5-11

村上春樹
夢を見るために毎朝僕は目覚めるのです
村上春樹インタビュー集1997-2011
1997年から2011年までに受けた内外の長短インタビュー19本。作家になったきっかけや作品誕生の秘密について。寡黙な作家というイメージを破り、徹底的に誠実に語りつくす。
む-5-12

村上春樹
色彩を持たない多崎つくると、彼の巡礼の年
多崎つくるは駅をつくるのが仕事。十六年前、親友四人から理由も告げられず絶縁された彼は、恋人に促され、真相を探るべく一歩を踏み出す——全米第一位に輝いたベストセラー。
む-5-13

村上春樹
女のいない男たち
六人の男たちは何を失い、何を残されたのか？　「ドライブ・マイ・カー」「イエスタデイ」「独立器官」など全六篇。見慣れたはずのこの世界に潜む秘密を探る、めくるめく短篇集。
む-5-14

村上春樹
ラオスにいったい何があるというんですか？
紀行文集
ボストンの小径とボールパーク、アイスランドの自然、フィンランドの不思議なバー、ラオスの早朝の僧侶たち、そして熊本の町と人びと——旅の魅力を描き尽くす、待望の紀行文集。
む-5-15

村上春樹　絵・高　妍
猫を棄てる
父親について語るとき
ある夏の午後、僕は父と一緒に自転車に乗り、猫を海岸に棄てに行った——語られることのなかった父の記憶・体験を引き継ぎ、辿り、自らのルーツを綴った話題のノンフィクション。
む-5-16

（　）内は解説者。品切の節はご容赦下さい。

村上春樹
一人称単数
ビートルズのLPを抱えて高校の廊下を歩いていた少女。鄙びた温泉宿で背中を流してくれた、年老いた猿の告白―そこで何が起こり何が起こらなかったのか。驚きと謎を秘めた短編集。

む-5-17

ティム・オブライエン
村上春樹 訳
ニュークリア・エイジ
ヴェトナム戦争、テロル、反戦運動……我々は何を失い、何を得たのか？　六〇年代の夢と挫折を背負いつつ、核の時代の生を問う、いま最も注目される作家のパワフルな傑作長篇小説。

む-5-30

ティム・オブライエン
村上春樹 訳
本当の戦争の話をしよう
人を殺すということ、失った戦友、帰還の後の日々――ヴェトナム戦争で若者が見たものとは？　胸の内に「戦争」を抱えたすべての人に贈る真実の物語。鮮烈な短篇作品二十二篇収録。

む-5-31

マイケル・ギルモア
村上春樹 訳
心臓を貫かれて（上下）
みずから望んで銃殺刑に処せられた殺人犯の実弟が、兄と父、母の血ぬられた歴史、残酷な秘密を探り、哀しくも濃密な血の絆を語り尽くす。衝撃と鮮烈な感動を呼ぶノンフィクション。

む-5-32

グレイス・ペイリー
村上春樹 訳
最後の瞬間のすごく大きな変化
村上春樹訳で贈る、アメリカ文学の「伝説」、NY・ブロンクス生れ、白髪豊かなグレイスおばあちゃんの傑作短篇集。タフでシャープで温かい、「びりびりと病みつきになる」十七篇。

む-5-34

グレイス・ペイリー
村上春樹 訳
人生のちょっとした煩《わずら》い
アメリカ文学のカリスマにして、伝説の女性作家と村上春樹のコラボレーション第二弾。タフでシャープで、しかも温かく、滋味豊かな十篇。巻末にエッセイと、村上による詳細な解題付き。

む-5-35

グレイス・ペイリー
村上春樹 訳
その日の後刻に
生涯に三冊の作品集を残したグレイス・ペイリーの村上春樹訳による最終作品集。人生の精緻なモザイクのような十七の短篇に、エッセイ、ロングインタビュー、訳者あとがき付き。

む-5-38

角田光代
降り積もる光の粒
旅好きだけど旅慣れない。そんな姿勢で出会う人や出来事。三陸からアフリカ、パリ、バンコク。美食を楽しむ日もあれば、世界最貧国で危険を感じる。旅にまつわる珠玉のエッセイ。
か-32-14

角幡唯介
探検家の憂鬱
チベットから富士山、北極……。「生のぎりぎりの淵をのぞき見ても、もっと行けたんじゃないかと思ってしまう」探検家・角幡唯介にとって、生きるとは何か。孤高のエッセイ集。
か-67-1

角幡唯介
極夜行
太陽の昇らない冬の北極を旅するという未知の冒険。極寒の闇の中でおきたことはすべてが想定外だった。犬一匹と橇を引き、4カ月ぶりに太陽を見たとき、何を感じたのか。（山極壽一）
か-67-3

角幡唯介
極夜行前
天測を学び、犬を育て、海象に襲われた。本屋大賞ノンフィクション本大賞、大佛次郎賞をW受賞した超話題作『極夜行』。その「エピソード1」といえる350日のすべて。（山口将大）
か-67-4

沢木耕太郎
貧乏だけど贅沢
人はなぜ旅をするのか？　井上陽水、阿川弘之、群ようこ、高倉健など、全地球を駆けめぐる豪華な十人と、旅における「贅沢な時間」をめぐって語り合う。著者初の対談集。（此経啓助）
さ-2-18

原田マハ
ハグとナガラ
女同士は四十代を過ぎてからが面白い!?　大学時代の同級生で十四年ぶりに再会したハグとナガラ。転職、別離、介護……。人生半ばを前にした、女ふたりの六つの旅物語。（阿川佐和子）
は-40-5

星野道夫
旅をする木
正確に季節が巡るアラスカの大地と海。そこに住むエスキモーや白人の陰翳深い生と死を味わい深い文章で描く。「アラスカとの出合い」「カリブーのスープ」など全三十三篇。（池澤夏樹）
ほ-8-1

（　）内は解説者。品切の節はご容赦下さい。

青木直己
江戸 うまいもの歳時記

春は潮干狩りに浅蜊汁、夏は江戸前穴子に素麵、秋は梨柿葡萄と果物三昧、冬の葱鮪鍋・鯨汁は風物詩――江戸の豊かな食材八十五と驚きの食文化を紹介。時代劇を見るときのお供に最適。

あ-88-1

石井好子・水森亜土
料理の絵本　完全版

シャンソン歌手にして名エッセイストの石井好子さんの絶品レシピに、老若男女の心をわしづかみにする亜土ちゃんのキュートなイラスト。卵、ご飯、サラダ、ポテトで、さあ作りましょう！

い-10-3

海老沢泰久
美味礼讃

彼以前は西洋料理だった。彼がほんもののフランス料理をもたらした。その男、辻静雄の半生を描く伝記小説――世界的な料理研究家辻静雄は平成五年惜しまれて逝った。（向井　敏）

え-4-4

姜　尚美
何度でも食べたい。あんこの本

京都、大阪、東京……各地で愛されるあんこ菓子と、それを支える職人達の物語。名店ガイドとしても必携。7年半分の「あんこ日記」も収録し、東アジアあんこ旅も開始！（横尾忠則）

か-76-1

高山なおみ
帰ってから、お腹がすいてもいいようにと思ったのだ。

高山なおみが本格的な「料理家」になる途中のサナギのようなころの、落ち着かなさ、不安さえ見え隠れする淡い心持ちを綴ったエッセイ集。なにげない出来事が心を揺るがす。（原田郁子）

た-71-1

辰巳芳子
食といのち

母娘2代にわたって日本の風土に適した食を探求してきた料理家が、「食といのち」をめぐり、福岡伸一氏ら各界の第一人者四人と対談。いのちを養う粥、スープのレシピも収録。

た-73-2

高野秀行
辺境メシ
ヤバそうだから食べてみた

カエルの子宮、猿の脳みそ、ゴリラ肉、胎盤餃子……。未知なる「珍食」を求めて、世界を東へ西へ。辺境探検の第一人者である著者が綴った、抱腹絶倒エッセイ！（サラーム海上）

た-105-1

（　）内は解説者。品切の節はご容赦下さい。

徳永　圭
ボナペティ！
臆病なシェフと運命のボルシチ
仕事に行き詰った佳恵はある時、臆病ながら腕の立つシェフ見習いの健司と知り合う。仲間の手も借り一念発起してビストロ開店にこぎつけるが次々とトラブルが発生!?　文庫書き下ろし。
と-32-1

徳永　圭
ボナペティ！
秘密の恋とブイヤベース
念願のビストロを開店してはや一年。新規顧客開拓に頭を悩ます佳恵だったが、健司は花屋の女性に夢中になり……。美味しい料理と切ない恋が心に沁みる、書き下ろしお料理小説第二弾。
と-32-2

西　加奈子
ごはんぐるり
カイロの卵かけごはんの記憶、「アメちゃん選び」は大阪の遺伝子、ひとり寿司へ挑戦、夢は男子校寮母…幸せな食オンチの美味しオカしい食エッセイ。竹花いち子氏との対談収録。
に-22-4

林　望
イギリスはおいしい
まずいハズのイギリスは美味であった!?　嘘だと思うならご覧あれ——イギリス料理を語りつつ、イギリス文化の香りも味わえる日本エッセイスト・クラブ賞受賞作。文庫版新レセピ付き。
は-14-2

平松洋子
忙しい日でも、おなかは空く。

うちに小さなごちそうがある。それだけで、今日も頑張れる気がした。梅干し番茶、ちぎりかまぼこ……せわしない毎日にもじんわりと沁みる、49皿のエッセイ。

（よしもとばなな）

ひ-20-2

平松洋子
食べる私
食べ物について語れば、人間の核心が見えてくる。デーブ・スペクター、ギャル曽根、田部井淳子、宇能鴻一郎、渡部建、樹木希林など29人と平松洋子による豊かな対話集。
（岩下尚史）
ひ-20-9

（　）内は解説者。品切の節はご容赦下さい。

平松洋子　画・下田昌克
かきバターを神田で
冬の煮卵、かきバター焼定食、山形の肉そば、ひな鳥の素揚げ、ちぎりトマトにニッキコーヒー。世の中の美味しいモノを伝え悶絶させてくれる人気エッセイ、文庫オリジナル。（堂場瞬一）
ひ-20-10

穂村　弘
君がいない夜のごはん
料理ができず味音痴……という穂村さんが日常の中に見出した「かっこいいおにぎり」や「逆ソムリエ」。独特の感性で綴る「食べ物」に関する58編は噴き出し注意！（本上まなみ）
ほ-13-4

森下典子
いとしいたべもの
できたてオムライスにケチャップをかけて一口食べた瞬間、懐かしい記憶が甦る――たべものの味には、思い出という薬味がついている。絵と共に綴られた23品の美味しいエッセイ集。
も-27-1

森下典子
こいしいたべもの
母手作りの甘いホットケーキなど、味の記憶をたどると胸いっぱいになった事はありませんか？　心が温まる22品の美味しいカラーイラストエッセイ集。『いとしいたべもの』続編！
も-27-2

米原万里
旅行者の朝食
ロシアのヘンテコな缶詰から幻のトルコ蜜飴まで、古今東西の美味珍味について蘊蓄を傾ける、著者初めてのグルメ・エッセイ集。人は「食べるためにこそ生きる」べし！（東海林さだお）
よ-21-2

文藝春秋　編
もの食う話
物を食べることには大いなる神秘と驚異が潜んでいる。荷風、百閒、澁澤龍彥、吉行淳之介、筒井康隆ほか、食にまつわる不安と喜び、恐怖と快楽を表現した傑作の数々を収録。（堀切直人）
編-5-10

安野光雅
絵のある自伝
昭和を生きた著者が出会い、別れていった人々との思い出をユーモア溢れる文章と柔らかな水彩画で綴る初の自伝。心温まる追憶は時代の空気を浮かび上がらせ、読む者の胸に迫る。

あ-9-7

阿川佐和子
バイバイバブリー
根がケチなアガワ、バブル時代の思い出といえば…。あのフワフワと落ち着きのなかった時を経て沢山の失敗もしたから分かる、今のシアワセ。共感あるある の、痛快エッセイ！

あ-23-27

浅田次郎
君は嘘つきだから、小説家にでもなればいい
裕福だった子供時代、一家離散の日々で身につけた習慣、二人の母のこと、競馬、小説。作家・浅田次郎を作った人生の諸事が綴られた文章に酔いしれる、珠玉のエッセイ集。

あ-39-14

浅田次郎
かわいい自分には旅をさせよ
京都、北京、パリ……誰のためでもなく自分のために旅をし、日本を危うくする「男の不在」を憂う。旅の極意と人生指南がつまった、笑いと涙の極上エッセイ集。幻の短篇、特別収録。

あ-39-15

安野モヨコ
食べ物連載
くいいじ
激しく〆切中でもやっぱり美味しいものが食べたい！　昼ごはんを食べながら夕食の献立を考える食いしん坊な漫画家・安野モヨコが、どうにも止まらないくいいじを描いたエッセイ集。

あ-57-2

朝井リョウ
時をかけるゆとり
カットモデルを務めれば顔の長さに難癖つけられ、マックで休憩すれば黒タイツおじさんに英語の発音を直され。『学生時代にやらなくてもいい20のこと』改題の完全版。（光原百合）
あ-68-1

朝井リョウ
風と共にゆとりぬ
レンタル彼氏との対決、会社員時代のポンコツぶり、ハワイへの家族旅行、困難な私服選び、税理士の結婚式での本気の余興、壮絶な痔瘻手術体験など、ゆとり世代の日常を描くエッセイ。

あ-68-4

（　）内は解説者。品切の節はご容赦下さい。

安西水丸
ちいさな城下町
有名無名を問わず、水丸さんが惹かれてやまなかった村上市・行田市・中津市・高梁市など二十一の城下町。歴史的事件や人物の逸話、四コマ漫画も読んで楽しい旅エッセイ。（松平定知）
あ-73-1

赤塚隆二
清張鉄道1万3500キロ
「点と線」「ゼロの焦点」などの松本清張作品を「乗り鉄」の視点で徹底研究。作中の誰が、どの路線に最初に乗ったのかという「初乗り」から昭和の日本が見えてくる。（酒井順子）
あ-89-1

井上ひさし
ボローニャ紀行
文化による都市再生のモデルとして名高いイタリアの小都市ボローニャ。街を訪れた著者は、人々が力を合わせ理想を追う姿を見つめ、思索を深める。豊かな文明論的エセー。（小森陽一）
い-3-29

池波正太郎
夜明けのブランデー
映画や演劇、万年筆に帽子、食べもの日記や酒のこと。週刊文春に連載されたショート・エッセイを著者直筆の絵とともに楽しめる穏やかな老熟の日々が綴られた池波版絵日記。（池内　紀）
い-4-90

池波正太郎
ル・パスタン
人生の味わいは「暇」にある。可愛がってくれた曾祖母、「万惣」のホットケーキ、フランスの村へジャン・ルノアールの墓参り。「心の杖」を画と文で描く晩年の名エッセイ。（彭　理恵）
い-4-136

伊集院　静
文字に美はありや。
文字に美しい、美しくないということが本当にあるのか。〝書聖〟王羲之に始まり、戦国武将や幕末の偉人、作家や芸人ら有名人から書道ロボットまで、歴代の名筆をたどり考察する。
い-26-26

伊藤比呂美
切腹考
鷗外先生とわたし
前夫と別れ熊本から渡米し、イギリス人の夫を看取るまで。生きる死ぬるの仏教の世界に身を浸し、生を曝してきた詩人が鷗外を道連れに編む、無常の世を生きるための文学。（姜　信子）
い-99-2

井上ユリ
姉・米原万里
プラハのソビエト学校で少女時代を共に過ごした三歳下の妹が、食べものの記憶を通して綴る姉の思い出。初めて明かされる名エッセイの舞台裏。初公開の秘蔵写真多数掲載。（福岡伸一）
い-104-1

上野千鶴子
おひとりさまの老後
結婚していてもしてなくても、最後は必ずひとりになる。でも、智恵と工夫さえあれば、老後のひとり暮らしは怖くない。80万部のベストセラー、待望の文庫化！（角田光代）
う-28-1

上野千鶴子
ひとりの午後に
世間知らずだった子供時代、孤独を抱えて生きていた十代のころ……。著者の知られざる生い立ちや内面を、抑制された筆致で綴ったエッセイ集。（伊藤比呂美）
う-28-3

内田洋子
ジーノの家
イタリア10景
イタリア人は人間の見本かもしれない——在イタリア三十年の著者が目にしたかの国の魅力溢れる人間達。忘れえぬ出会いや情景をこの上ない端正な文章で描ききるエッセイ。（松田哲夫）
う-30-1

内田洋子
ロベルトからの手紙
俳優の夫との思い出を守り続ける老女、弟を想う働き者の姉たち、無職で引きこもりの息子を案じる母——イタリアの様々な家族の形とほろ苦い人生を端正に描く随筆集。（平松洋子）
う-30-2

遠藤周作
生き上手　死に上手
死ぬ時は死ぬがよし……だれもがこんな境地で死を迎えたい。でも死はひたすら恐い。だからこそ死に稽古が必要になる。周作先生が自らの失敗談を交えて贈る人生セミナー。（矢代静一）
え-1-12

江國香織
やわらかなレタス
ひとつの言葉から広がる無限のイメージ——。江國さんの手にかかると、日々のささいな出来事さえも、キラキラ輝いて見えだします。読者を不思議な世界にいざなう、待望のエッセイ集。

え-10-3

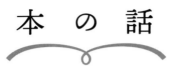